少年陰陽師

果てなき誓いを刻み込め

結城光流

14760

角川ビーンズ文庫

少年陰陽師

果てなき誓いを刻み込め

彰子（あきこ）

左大臣道長の一の姫。強い霊力をもつ。わけあって、安倍家に半永久的に滞在中。

もっくん（物の怪）

昌浩の良き相棒。カワイイ顔して、口は悪いし態度もデカイ。窮地に陥ると本性を現す。

昌浩（安倍昌浩）

十四歳の半人前陰陽師。父は安倍吉昌、母は露樹。キライな言葉は「あの晴明の孫!?」。

六合（りくごう）

十二神将のひとり。
寡黙な木将。

紅蓮（ぐれん）

十二神将のひとり、騰蛇。『もっくん』に変化し昌浩につく。

じい様（安倍晴明）

大陰陽師。離魂の術で二十代の姿をとることも。

登場人物紹介

朱雀（すざく）
十二神将のひとり。
天一の恋人。

天一（てんいつ）
十二神将のひとり。
愛称は天貴。

勾陣（こうちん）
十二神将のひとり。
紅蓮につぐ通力をもつ。

太陰（たいいん）
十二神将のひとり。風将。
口も気も強い。

玄武（げんぶ）
十二神将のひとり。
一見、冷静沈着な水将。

青龍（せいりゅう）
十二神将のひとり。
昔から紅蓮を敵視している。

太裳（たいじょう）
十二神将のひとり。穏やかな口調と風貌の持ち主。

風音（かざね）
道反大神の娘。癒しの眠りについていたところ、真鉄によって宿体を奪われた。

白虎（びゃっこ）
十二神将のひとり。
精悍な風将。

もゆら
灰白の妖狼。珂神とは兄弟のように育つ。

たゆら
灰黒の妖狼。
もゆらの兄。

真赭（ますほ）
たゆらともゆらの母。

真鉄（まがね）
九流族の術者。
荒魂の復活を狙う。

珂神比古
（かがみひこ）
昌浩を助けてくれた少年。
実は、「九流一族」の長。

イラスト／あさぎ桜

すべては。
ささやかなその、誓《ちか》いのために。

1

◇　◇　◇

通常の倍もある大きな灰白《かいはく》の狼《おおかみ》が、警戒心《けいかいしん》の欠片《かけら》もない様子で規則正しい寝息《ねいき》を立てていた。

そして、その腹に寄りかかって、少年がひとり。狼と同様、微睡《まどろ》みのなかにいる。

夏に入ったばかりだ。風は少し涼しい。雲ひとつない空は抜けるような青さで、燦々《さんさん》と降り注ぐ陽光をさえぎるものは何もない。

鳥の鳴き声がかすかに聞こえるだけで、穏《おだ》やかで静かな昼下がり。眠《ねむ》りに誘《いざな》われるのも、無理からぬことだろう。

下草を踏《ふ》む小さな音がしても、ふたりは一向に目を覚ます気配を見せない。

ひたひたと近づいてきた灰黒の狼は、半眼でふたりを見下ろした。

「……どこに行ったのかと思っていたら……」

ぐるりと周囲を見回す。鳥髪峰《とりかみのみね》の頂上は開けていて、この出雲《いずも》の国を彼方《かなた》まで眺《なが》め渡《わた》すことができる。

神代《かみよ》に荒魂《あらみたま》の棲《す》み処《か》だったこの峰《みね》は、出雲でもっとも標高のある山なのだ。

ふたりの傍《かたわ》らに立ってしばらく景色《けしき》を眺めていた灰黒の狼は、三角の耳をぴくりと動かし、ぐるりと首をめぐらせた。

足音を立てない器用な歩き方で、青年が近づいてくる。

たゆらの横で足を止め、真鉄《まがね》は呆《あき》れ交じりの苦笑《くしょう》をにじませた。

「平和な証拠《しょうこ》だな」

「まったくだ」

肩《かた》をすくめるたゆらの頭に手を置いて、真鉄は軽く嘆息《たんそく》する。

「王としての自覚が生まれるのは、いつのことやら…」

たゆらの尻尾《しっぽ》がぱたりと揺《ゆ》れた。

「自覚は持っていてくれないと困るぞ。十五といえばもう大人《おとな》だ。それに、九流《くりゅう》を束《たば》ねる長《おさ》としての責務を、珂神《かがみ》は既《すで》に負っている」

「…たゆら、失言だ」

たゆらは慌《あわ》てて片前足で口元を押さえた。

ちらと真鉄を見上げると、青年の目は穏やかに笑《え》んでいた。

「…母上には内緒《ないしょ》だぞ」

真鉄は堪《こら》えきれないように吹《ふ》き出す。

「もゆらのことをあまり強く言えないな、たゆら」

灰白の狼を一瞥《いちべつ》し、たゆらは渋《しぶ》い顔をした。

弟であるもゆらが、いままでと同じように「珂神」と呼んでいることについて、たゆらはことあるごとに注意を促《うなが》し、時には厳しく叱責《しっせき》しているのだ。

ぴくぴくと耳を動かし、たゆらは半眼になった。

「……たまにはこういうこともある。それに、真鉄しか聞いていないんだから、真鉄が誰にも言わなければ誰も知らないままだ」

「俺は共犯か」

灰黒の尻尾が揺れた。

「そうだ。真鉄は共犯だ」

いい思いつきだと言わんばかりの様子でもっともらしく頷《うなず》くたゆらの頭をわしわしと撫《な》でながら、真鉄は腰《こし》を下ろした。

目線の近くなった青年の横顔を見つめる狼を、彼はのんびりと振《ふ》り返る。

「では、もうしばらく、見つけられなかったことにしておこうか」

荒魂の核《かく》となる鱗《うろこ》を沈《しず》める泉を見つけるという名目で出て行った王ともゆらが戻《もど》らないと、赤毛の狼真赭《まずほ》が案じているのだ。

じきに道反《ちがえし》の聖域を襲撃《しゅうげき》することになる。その前に、何ものにも冒《おか》されていない清水の湧《わ》き出る泉を見つけておかなければならなかった。荒魂は、澄《す》んだ水を好むのだ。

簸川《ひのかわ》の源流をさかのぼり、大体の目星はつけてあるからそれほど時間はかからない、と言い置いてふたりが出て行ったのは朝早く。

昼を過ぎても戻らないふたりの安否を案じる真赭に頼《たの》まれて、真鉄とたゆらは方々を捜《さが》し、ここにたどり着いた。

「頂上にもいなかったから、もう一度峰を一回りしたことにしよう」

「そうしよう」

同意するたゆらの頭をもう一度撫でる。

そのまま、ついと空を見上げる真鉄につられて、たゆらも同じ仕草をする。

ああ、高くて、青くて、静かで。

「……ずっと、こうしていたいなぁ」

何気なく呟《つぶや》いたたゆらに、真鉄は静かに返した。

「……ああ。俺もだ」

もゆらと珂神は幸せそうな顔で眠っている。

安心しきった様子なのは、ここには外敵は絶対に来ないという確信と、互《たが》いの体温があるからだろう。

ふたりの寝顔を眺めて、たゆらはしかつめらしく呟く。

「こんなに無防備で、いいんだろうか」

そばに近づいても反応すらしないとは。

「珂神はともかく、もゆらも気づかないというのは、妖狼族《ようろう》として問題が……」

眉間《みけん》にしわを寄せてぶつぶつと並べる灰黒の狼を一瞥し、胡座《あぐら》の膝《ひざ》に片肘《かたひじ》を置いて頬杖《ほおづえ》をついた真鉄がすました顔で言った。

「たゆら。失言」

「あ」

それきり固まってしまった狼の首を叩《たた》きながら、真鉄はうつむいて小さく肩を震《ふる》わせた。

「……十四年だ。そう簡単には慣れないな」

「むむむむむ」

渋面《じゅうめん》のたゆらに、真鉄は小さく笑いながら言った。

「よかったな、もゆらと珂神に聞かれなくて」

「真鉄、失言だ」

意趣《いしゅ》晴らしとばかりに切り返したたゆらに、真鉄は目を細めた。

珂神の寝顔は、赤子だった頃《ころ》から変わらない。

——真鉄…………み…ひこを…お願い…ね…

一度は義母《はは》と呼んだひとの最期《さいご》の言葉が、胸の奥で淡《あわ》く弾《はじ》ける。

「……たまにはいいだろう。真赭には内緒だぞ」

「当然」

協定成立。

よしよしと頷いたとき、眠るもゆらの鼻先に蝶《ちょう》がひらと舞《ま》い降りた。

小さな翅《はね》が動き、狼の鼻面《はなづら》をくすぐる。

「……」

真鉄とたゆらは音もなく立ち上がり、数歩下がった。

「……えっくしゅんっ！」

派手にくしゃみをした拍子《ひょうし》に体が震えて、狼の胴《どう》を枕《まくら》にしていた珂神が飛び起きる。

「ふぁっ⁉　…なんだ？」

半分寝ぼけた目をこすりながら辺りを見回した珂神は、すぐ後ろに立っていたふたりに気がついて声を失う。

ひくりと息を呑《の》んだ珂神の様子に首をめぐらせたもゆらも固まった。

そんなふたりに、真鉄は涼《すず》しい顔で口を開いた。

「王、もゆら。いつまでも戻ってこないから、真赭が案じている」

珂神ともゆらはぐっと詰《つ》まって、互いにそっと目線を合わせた。

「……ご、ごめん」

「ごめん、なさい」

「ほら、戻るぞ」

たゆらに促されて、もゆらと真鉄は慌てて立ち上がり、邸《やしき》への路《みち》を駆《か》け下りていく。

その背を眺めながら、たゆらと真鉄は視線を交《か》わし、小さく笑った。


この子に会うために産まれた。この子を守るために産まれた。この子を助け、この子の力になれるように。そして。

この子を決して、独りきりにさせないために。

音がする。
それは、希望の雨の、はずだった。

◇　　◇　　◇

声が、聞こえる。
——……ら……、……ゆら……
ああ、自分を呼ぶ声が。
息遣いが聞こえる。苦しそうな喘鳴《ぜんめい》。
のろのろと瞼を上げたたゆらは、それが自分の発している呼吸なのだと気がついた。
朦朧《もうろう》としているたゆらの耳に、必死の叫《さけ》びが突《つ》き刺《さ》さる。
——……ら……！　しっかりしろよ、たゆら、死んだらだめだ……！
たゆらはひとつ、瞬《まばた》きをした。
もゆらの声がする。もゆらはもういないはずなのに。

殺されてしまった。道反《ちがえし》に与《くみ》するあの女に。だから、ああそうだ。仇《かたき》をとらなければ。

弟の無念を晴らすまでは、自分は死ねない。

――たゆら…、たゆら、だめだって！　…死んだら…だめだよぉ…っ！

灰黒の狼《おおかみ》は考えた。緩慢《かんまん》に視線をめぐらせる。こんなに近くで聞こえるのだから、ごく傍《かたわ》らにあるはずだ、あの灰白《かいはく》の姿が。

自分とそっくりの、毛並みの色だけが違《ちが》う、弟が。

だのに、どうやっても、目を凝《こ》らしても、探しても、見えない。それがどうしても切なくて、悲しくて、やるせなくて。

呼ぶ声が聞こえる。ごく近くで。こんなに近くにいるのに見えないのは。

たゆらは瞠目《どうもく》した。ああそうだ、自分の中に、いるからだ。

そうして灰黒の狼は、喘鳴の中で薄《うす》く笑った。

いいことを思いついた。我ながら冴《さ》えている。

「……ゆ…ら…」

喉《のど》に力をこめて、声を出す。雨音の激しさに負けない音を発するのは、一苦労だった。

――たゆら！　よかった、しっかり…

ようやく返った応《いら》えに、もゆらは安堵《あんど》した。

八岐大蛇《やまたのおろち》の六のかしらをからくも撃退《げきたい》し、十二神将の太陰《たいいん》が昌浩《まさひろ》と彰子《あきこ》を捜しに行ってからだいぶ経過している。

降りつづく雨は灰黒の毛に覆《おお》われた狼の体温を刻一刻と奪《うば》い、傷からの出血を助長させていく。たゆらは少しでも雨を避《さ》けようと、重い身体《からだ》を引きずって木陰《こかげ》に身を寄せ、そのままくずおれたのだった。

どの程度気を失っていたか、たゆらにはわからない。

大蛇に負わされた損傷はひどいはずなのに、奇妙《きみよう》なことに苦痛を感じていない自分がいる。全身が氷のようで、まるで感覚がなかった。

「…もゆ…ら…、あの…な…」

仇をとってやることは、おそらくもうできない。

だが、自分は兄だから。してやれることがあるなら、それを。

「……俺が…死んだ…ら…」

声にならない悲痛な叫びをもゆらがあげる。

──ばかなこというなよ！　死ぬわけない、だって俺たちは、珂神と真鉄と約束したじゃないか！

うんと、たゆらは緩慢に頷《うなず》いた。

ずっと昔。まだふたりが、灰黒と灰白の仔狼《こおおかみ》だった頃に、並んで。まっすぐに真鉄を見上げて、声を揃《そろ》えて。

絶対に違《たが》えないと、誓《ちか》った。幼い心で、精一杯《せいいっぱい》に。

「……俺……は……も……だ……め……、だ……か……ら……」

——だめじゃない！　だめなんかじゃないよ！　そうだ、珂神が、珂神が治してくれるよ、たゆらだって知ってるだろ、だから……！

うんと、たゆらはもう一度頷いた。

知っている。彼らの大切な王は、心の優《やさ》しいあの少年は、自分が痛い顔をして、懸命《けんめい》に治してくれるのだ。

だが、その珂神はもういない。もゆらとて知っているはずだ。ずっと自分の中で見ていたのだから。

それでも、この弟は信じているのか。

珂神が、戻《もど》ってくると。珂神比古《ひこ》ではなく、自分たちがともに育ったあの珂神が、必ず戻ってきてくれると。

あるいは、九流の悲願を果たせば、それはかなうのか。しかし、自分にはもうその時間は残されていないだろう。

少しずつ冷えていく身体が、たゆらにそれを教えている。

「……俺が…死んだ…ら……、……この…から…だ……おま…え…が…使…え……」

——え……

思いがけないたゆらの言葉に、もゆらが絶句する。

たゆらは仄《ほの》かに笑った。見えなくてもわかる。あの黒い目をまん丸に見開いて、ものすごく驚《おどろ》いた顔をしているに違いない。

目を閉じればそれが見える。

そうして気づく。自分はばかだ。もう見えないと思っていた弟の姿が、こんなにもはっきりと、見えるではないか。

見えるからもう、哀《かな》しくない。ここにいる。だから、大丈夫《だいじょうぶ》だ。

自分は兄だから。情けない姿をこれ以上弟に見せて、たまるか。

「……いい……な……もゆ……ら……」

必死でそれを伝えたたゆらは、ほうと息をついた。

——……め…だよ…！　そんなの、だめだよ…！　たゆら…！

顔をくしゃくしゃにしているだろう弟の、悲痛な叫びが胸をつく。

うるさいぞもゆら。こういうときは、年長者の言うことを聞くものなんだ。

嫌《いや》だ嫌だと首を振《ふ》っているだろう弟。そんなにお前が信じているのなら、きっと珂神は戻ってきてくれるだろう。

ひゅうひゅうと、喉の奥が笛のように鳴っている。

雨音が少しずつ遠のいていく。これが完全に聞こえなくなったら、この身体をもゆらが使えるようになるだろう。

——たゆら！　眠《ねむ》るなよ、ばか！　たゆらっ！

灰黒の狼の耳が、ぴくりと動く。

同時に、たゆらの中にいるもゆらがはっと息を呑《の》んだ。

恐《おそ》ろしい妖気《ようき》が迫《せま》ってくる。

——荒魂《あらみたま》が……

もゆらは狼狽《ろうばい》した。たゆらは動けない。このままでは、見つかってしまう。

おろおろと周囲の様子を窺《うかが》いながら、もゆらは必死で考える。なんとしてでもたゆらを助けなければ。

自分だけでなくたゆらまでいなくなってしまったら、珂神が戻ってきたときにどれほど悲しむだろう。真鉄だってそうだ。

もゆらはふいに、胸の奥がきゅっと縮こまったような気分になった。

最後に自分を刺したのは、あれは。眠る直前で、誰だったのかをしっかりと見たわけではなかったけれど。

まさかという想《おも》いと、どうしてという想いが代わる代わる湧《わ》き上がってきて、泣き出したいような気持ちになる。

もゆらはふるふると首を振った。確かめる。真鉄に会って、ちゃんと。

そうなのかどうかは自分もわかってないと、もゆらは彰子に告げた。

けれども、わかってしまうことが、恐ろしくもある。知らないほうがいいと、頭のどこかで誰かが訴《うった》えている。

疑念があるままで信じることは難しい。信じたいから確かめたい。信じたいから、聞きたくない。

地響《じひび》きが大きくなっていく。蛇体《じゃたい》が地を這《は》い、近づいてくるのだ。雨の中に込められている妖気と同じ、それよりずっと強大な力が。

息をひそめるもゆらの耳に、風の唸《うな》りが届いた。

もゆらは目を凝らし、風上を見つめる。

黒雲の中に、小柄《こがら》な影《かげ》が三つ見えた。

——彰子！

思わず叫《さけ》んだもゆらの声に、大蛇の咆哮《ほうこう》が重なった。

叩《たた》きつけるような豪雨《ごうう》の中、太陰の風に包まれた昌浩と彰子は、たゆらの姿を探していた。

「太陰、たゆらがいる場所はどこなの？」

青ざめた彰子の問いに、太陰は困り果てた風情《ふぜい》で顔を歪《ゆが》める。

「昌浩と彰子姫《ひめ》を捜《さが》すのにだいぶ手間取ったから……」

陽《ひ》が昇《のぼ》っているはずなのに、その光をさえぎる雲が視界を狭《せば》める。木々の連なりはどこも似たように見えるため、方向と距離《きょり》でしか特定できない。

「たぶん、このあたりだと思うんだけど…」

ふいに、彼女の言葉を掻《か》き消すような咆哮が轟《とどろ》いた。そして、鬱蒼《うっそう》とした森の中から、いびつに砕《くだ》けた蛇頭が躍《おど》り出る。

凄《すさ》まじい速さでのび上がってくる大蛇の、残った赤い蛇眼が昌浩たちを捉《とら》えている。憎悪《ぞうお》を宿した眼が燃え上がる。

声にならない悲鳴を上げる彰子を背後にかばい、昌浩は大蛇と対峙《たいじ》するように身を乗り出した。太陰の風が雨を払《はら》う。迸《ほとばし》る神気がかまいたちとなって蛇頭に向け放たれた。

澱《よど》んだ妖気をまとう大蛇は、蛇体を振ってそれを造作もなく退けた。

「…の…っ」

悔《くや》しげに唇《くちびる》を嚙《か》む太陰の顔色が悪い。神将の通力にも限界はある。昌浩たちを包む風の膜《まく》を保ちながらあの恐ろしい大妖《だいよう》と戦うには、彼女は既《すで》に力を使いすぎていた。

「太陰」

「大丈夫よ、心配しないで」

ぐっと拳《こぶし》を握《にぎ》り締《し》め、胸の前で交差させる。

「わたしだって十二神将なんだから。……絶対に、あんたたちを守るから！」

蛇頭をかいくぐり、昌浩たちは地に降り立った。

「昌浩、姫を連れて行くのよ！」

ふたりを残して飛翔《ひしょう》しようとした太陰の腕《うで》を、昌浩が摑《つか》む。

「いいや！　お前が彰子を連れて行くんだ」

「えっ⁉」

瞠目《どうもく》する太陰を引き下ろし、彰子に押しつけるようにしながら、昌浩は言い渡《わた》す。

「俺があの大蛇《おろち》を足止めする。その間に、彰子を聖域へ」

昌浩は上空を振り仰《あお》いだ。いままさに昌浩めがけて突進してくる蛇頭を睨《にら》み、片手で刀印を作る。素早《すばや》く五芒《ごぼう》を宙に描《えが》き、叫んだ。

「――――禁！」

降下してきた蛇頭が不可視の壁《かべ》に阻《はば》まれて弾《はじ》き返された。反動で大きくのけぞった大蛇の視界から逃《のが》れるように、昌浩たちは移動する。蛇体が木々を薙《な》ぎ倒《たお》す音が響《ひび》く。

「昌浩…！」

顔を歪《ゆが》める彰子の手を握り締め、昌浩は笑って見せた。

「大丈夫。……聖域に行けば、じい様や勾陣《こうちん》がいるから。安心していい」

「でも…昌浩は……」

「俺は、彰子が待っててくれれば、そこに帰る」

彰子は息を詰《つ》めた。泣き出したいのを堪《こら》えて、けれどもできずにくしゃくしゃに顔を歪めて、昌浩の手を握り返す。

雨音が激しい。容赦《ようしゃ》なく身体《からだ》を叩く雨は、熱と気力を奪《うば》っていく。

帰るのだと、彰子も思った。帰りたくて、帰りたくて、必死で逃《に》げた。倒れたまま立ち上がる力もなくなって、肘《ひじ》だけで上体を支えて。

現れた昌浩が立てない自分を腕の中に抱《だ》き込んでくれたとき、それまで張り詰めていたものが音を立てて切れたのを感じた。

一年前に会ったときより、少しだけ背ののびた昌浩。でも、自分も大きくなっているから、やはり差は大して開かず、目線は僅《わず》かに昌浩が高くなっただけだ。

ふいに彰子は、瞬《まばた》きをして目を細めた。

少し前、十二神将の朱雀《すざく》が笑っていた姿が脳裏《のうり》をよぎった。

どうしたのと尋《たず》ねた彰子に、朱雀と、隣《となり》にいた天一《てんいつ》が視線を交《か》わして目を和《なご》ませた。

――昌浩が、渋《しぶ》い顔をして唸っている
――姫も、大きくおなりなので……

せっかく背がのびたのに、彰子ものびるから、なかなか差ができないことに複雑な感情を抱《いだ》いているのだと。

それを受けた勾陣が、えてして女のほうが成長は早いものだからなと苦笑《くしょう》していたのを覚えている。

そんな些細《ささい》なできごとを思い出すのは、昌浩がいて、太陰がいて。

大蛇がこんなにも近くにいるのに、彼らが近くにいるというその事実が心に力を与《あた》えてくれているからだ。

「……彰子？」

気遣《きづか》わしい顔をする昌浩に、彰子は頭をひとつ振《ふ》った。

「それで……一緒《いっしょ》に、帰るのよね…？」

自分がどうしてこんな場所にいるのか、彰子にはわからない。昌浩も太陰もそれは同じだ。

彰子の言いたいことを理解して、昌浩は頷《うなず》いた。

「うん。一緒に、うちに帰ろう。――太陰、行け」

彰子の手を放す。同時に太陰の風が彰子を包み込んだ。

木の葉に隠《かく》れて、地表を滑《すべ》るように飛んでいく太陰たちを見送った昌浩は、息を吸い込んで身を翻《ひるがえ》した。

手のひらを見つめて、唇を嚙《か》む。

「……じい様…」

いまさらのように、震《ふる》えが生じた。

「……ごめん、なさい……！」

決して違《たが》えないと誓《ちか》ったのに、それを破ってしまった。

「……でも……！」

心はこんなに重くて、つらくて、どうしようもないのに。

それでも、後悔《こうかい》はしていないのだ。

そのことが、余計に昌浩の心を苛《さいな》む。

誰も犠牲《ぎせい》にしない、誰も傷つけない、最高の陰陽師《おんみょうじ》になる。その誓いを、自分は。

あのとき、胸に刻んだ想《おも》いは、決して軽いものではなかった。けれども、それをなげうてるほどの激情が自分の中にあった。そのことを、自分は知らなかった。

頭《かぶり》を振って、昌浩は顔を上げる。

瞼《まぶた》の裏に駆《か》け抜《ぬ》ける、血まみれになった比古の姿。自分は簡単にひとを殺せる。

その事実が氷刃《ひょうじん》のように胸の奥に突《つ》き刺《さ》さる。

強い力を持つということは、それだけの危うさもはらむのだ。

衣《ころも》の上から胸元《むなもと》を押さえる。匂《にお》い袋《ぶくろ》と、道反《ちがえし》の丸玉がそこにある。天狐《てんこ》の力を解放したことで、丸玉はその効力を半分以上失っている。これ以上の負荷がかかれば、砕け散ってしまうだろう。そうなったら、自分を止められるものは何もない。

大蛇の妖力は甚大《じんだい》だ。そのおかげで、丸玉の効力が半減しても姿を視《み》ることができるのが、唯一《ゆいいつ》の救いだった。これでそれすらもできなくなったら、なす術《すべ》がなくなる。

昌浩の霊力《れいりょく》をかぎつけた六のかしらが、木々を薙ぎ倒しながら迫《せま》ってくるのがわかった。

迎《むか》え撃《う》つべく印を組み、心を研《と》ぎ澄《す》ます。

「オン…！」

刹那《せつな》、昌浩のうなじに悪寒《おかん》が生じた。

どくんと、鼓動《こどう》が跳《は》ね上がる。

咆哮《ほうこう》とともに躍り出てきた隻眼《せきがん》のかしらと目が合った。赤い眼が昌浩を捉える。

同時に、太陰たちが進んだ方角から、凄まじい霊力の渦《うず》が生み出す雷撃《らいげき》の轟音《ごうおん》が響いた。

2

叩《たた》き落とされた雷撃が、太陰と彰子を襲《おそ》う。

悲鳴を上げる彰子をかばった太陰が、衝撃《しょうげき》をすべて受け、そのままもんどりうって動かなくなった。

「太陰、太陰！　しっかりして！」

揺《ゆ》り動かすと、太陰はかすかにうめいた。瞼《まぶた》を半分開けて彰子を見上げ、彼女は苦しそうに咳《せ》き込みながら訴《うった》える。

「姫《ひめ》…、逃げて……！」

懸命《けんめい》になって身を起こそうとするが、全身がしびれて自由がきかない。なんとか首をもたげて視線を向ける先に、ゆらりと人影《ひとかげ》が現れた。

赤毛の狼《おおかみ》を伴《ともな》った珂神比古が、うっそりと笑っている。

「……っ！」

声にならない悲鳴を上げて絶句する彰子を見て、珂神は蛇《へび》のような目をした。

「逃がさないと言っただろう。お前は楔《くさび》の贄《にえ》だ」

腰《こし》に佩《は》いていた剣《つるぎ》を傾《かたむ》け鞘走《さやばし》らせる。

「どうだ、真赭。そろそろ頃合《ころあい》だと思わないか」

珂神の傍《かたわ》らにいる真赭が、冷めた目で首肯《しゅこう》した。

「八岐大蛇の八頭八尾《やかしらやお》と、それらの要《かなめ》たる胴体《どうたい》もようやく再生されました。あとは、楔を打ち込むだけです、珂神比古」

真赭の双眸《そうぼう》が怪《あや》しく光る。

「この地上に生きとし生けるすべてを滅《ほろ》ぼすために」

珂神比古が凄絶《せいぜつ》に嗤《わら》う。彰子は戦慄《せんりつ》に囚《とら》われたまま身動きひとつできない。

よろめきながら立ち上がった太陰が、珂神と真赭を睨《にら》んだ。

「そんなこと、させないんだから…！　あんたたちの思い通りになんか、絶対に…！」

満身創痍《まんしんそうい》で決然と言い切る太陰を、珂神たちは興味深げな目で見つめる。そうしていた真赭が、ふいに瞬《まばた》きをした。赤毛の狼の目が太陰からはずれて、右後方に滑る。

「……ああ。裏切りものが、こんなところに」

蔑《さげす》むように吐《は》き捨てる語気に、彰子と太陰は慄《ふる》えを覚えた。彼女の見ているものを追った彰子は、木陰《こかげ》に横倒《よこだお》れになったたゆらを認めて息を呑《の》む。

「たゆら……！」

――彰子…！　危ない、逃げろ…！

もゆらの声が彰子の耳に響《ひび》く。

灰白《かいはく》の狼は怯《おび》えていた。荒魂《あらみたま》の九番目のかしらである珂神比古にだけでなく、母の真赭が放つ異様な気配を感じて。

役立たずだった自分に対してだけでなく、たゆらにまで、どうしてあんな冷淡《れいたん》な言動を見せるのか。わからない。

——母上…どうして…

困惑するもゆらの言葉に、太陰が息を呑む。

「親子、なの？」

「そうよ。なのに、どうしてあんな…」

真赭は氷のような目で灰黒の狼を眺《なが》め、そのまま彰子たちに視線を戻《もど》す。

「裏切りものには報《むく》いが必要。そうでしょう、珂神比古」

「そのとおりだ、真赭。お前は本当によくわかっている」

少年の掲げる右手の先に、漆黒《しっこく》の火花が散る。ばしばしと音を立てるそれはやがて威力《いりょく》を増し、雷《いかずち》の槍《やり》と化した。

「我が兄弟の血肉になる価値もない。この世から消え失《う》せろ」

朦朧《もうろう》としていたたゆらは、その残酷《ざんこく》な言葉をぼんやりと聞いていた。大好きだった声が、自分を殺すと言っている。

死ぬのはいい。もう長く持たないだろうから。でも、あの雷撃で身体《からだ》を燃やされてしまったら、砕《くだ》かれてしまったら、もゆらの寄る辺《べ》がなくなってしまう。

闇《やみ》に包まれかけたたゆらの脳裏《のうり》に、大蛇《おろち》の雷撃を受けて木《こ》っ端《ぱ》微《み》塵《じん》になった灰白の姿が駆け抜けた。

たゆらの心が燃え上がる。

「………ん…な…こと…は…！」

させて、たまるか。これは、もゆらのものだ。もゆらにやると決めたものなのだ。

投げ出していた前足で土を掻《か》き、たゆらは掠《かす》れた声で言霊《ことだま》を発した。

「………っ、…魑《す》…魅《だま》……！」

狼の前足で掻いた場所が、ぼこりと盛り上がっていく。闇色の獣《けもの》が数頭、土中から這《は》い出て太陰と彰子めがけて駆け出す。

獣たちはふたりの横をすり抜け、珂神と真赭に挑《いど》みかかった。咆哮が轟《とどろ》く。

珂神は無造作に空手を払《はら》う。生じた凄《すさ》まじい衝撃が、魑魅たちを一瞬《いっしゅん》で掻き消した。

霊力の余波がさざなみのように広がっていく。それを察知した大蛇の六のかしらが、応じるように咆哮した。

さらに、ふたつの咆哮が轟く。別のかしらがふたつ、接近してくる。

たゆらは必死で身を起こした。よろめきながら足を進め、ぜいぜいと喘《あえ》ぐ。

「彰…子…！　捕《つか》まったら……だめ…だ…！」

珂神の赤い双眸がきらめいた。

「黙《だま》れ」

漆黒の雷撃が放たれる。たゆらは髪《かみ》一筋の差でそれをかわし、衝撃でよろけた。鉛《なまり》のような身体を全力で動かし、よたよたと彰子に歩み寄る。

「たゆら、もゆら…！」

青ざめた彰子の、もはや冷え切って感覚のない腕《うで》が、狼の首を掻き抱《いだ》く。

たゆらともゆらは、無性《むしょう》に泣きたくなった。

この娘《むすめ》は贄なのに。どうしてこんなにもあたたかいと思えるのだろう。大好きだった母のぬくもりと同じものを、人間の娘から与《あた》えられる日がこようとは。

尽《つ》きかけた気力が、そのあたたかさのおかげで再び湧《わ》き上がってくる。

「いい加減になさいたゆら。生き恥《はじ》をさらすのは見苦しい」

吐き捨てる真赭を振《ふ》り向き、太陰が眦《まなじり》を決する。通力の渦が彼女を中心に湧《わ》き起こった。

「こいつはあんたの息子《むすこ》でしょうっ⁉」

「大望の前にして、そんなものになんの意味があると？」

傲然《ごうぜん》と断じる真赭の全身から、妖気《ようき》が立ち昇《のぼ》った。彼女の前脚《まえあし》が、地を掻く。

「――魍魅」

闇色の獣が、ぼこぼこと音を立てていたるところから這い出てきたかと思うと、瞬《また》く間に太陰たちを取り囲んだ。

「こんなものっ！」

息巻く太陰の通力が嵐《あらし》となって魑魅たちに襲いかかった。砕かれていく魑魅を乗り越《こ》えるようにして新たな獣が躍《おど》り出る。際限なく生じる魑魅に対し、太陰は限界だった。

ふっと意識が遠のきかけ、太陰の膝《ひざ》が砕ける。がくりと沈《しず》んだ太陰を、反射的にのびた彰子の手がかろうじて支えた。

小柄《こがら》な神将の体重を全身で受けとめた彰子は、しかし堪《こら》えきれずにくずおれる。

たゆらは慌《あわ》てて彰子の背後に回った。灰黒の背が彼女を支えてくれる。

文字通りのとも倒《だお》れになってしまった太陰と彰子に、珂神は面倒《めんどう》そうに言い放った。

「悪足掻《わるあが》きという言葉を知っているか？　それに、そのまま逃《に》げたところで、先はない」

口端《こうたん》を吊《つ》り上げる珂神は、接近してくる三つのかしらを呼ぶように手を掲げた。黒雲から放たれる稲妻《いなずま》が、その手に降りてくる。

ばしばしと音を立てる雷を、珂神は突然《とつぜん》あらぬ方に放った。

一抱《ひとかか》えほどもある木々が真っ二つになる。その向こうから小柄な影《かげ》が飛び出してきた。

太陰が引き攣《つ》れた声で叫《さけ》ぶ。

「昌浩！」

豪雨《ごうう》の中を必死で駆《か》けてきた昌浩は、息を切らせながら彰子たちの前に滑《すべ》り込んだ。

泥飛沫《どろしぶき》を立てながら印を組み、怒号《どごう》する。

「オンアビラウンキャン、シャラクタン！」

どくんと、胸の奥で鼓動《こどう》が跳ねる。昌浩の全身の血がすうっとどこかに引いていくようだ。

最奥《さいおう》で仄白《ほのじろ》い炎《ほのお》が燃えている。ちろちろと揺れるそれは、鼓動の数が増すごとに勢いを得ていくようだった。

「オンアボキャ、ホンジャマニハンドマ、バジレイビロキティ、サンマンダ、ウン！」

それまで人間相手には決して向けたことのない攻撃呪文《こうげきじゅもん》を、澱《よど》みなく唱える。唱えるごとに胸の奥が冷えていく。

凍《こご》える心の最奥に見える炎が、自分を断罪しているように思えてならない。

内縛印を袈裟《けさ》懸《が》けに振り下ろす。

岩のような霊撃《れいげき》が珂神と真赭に叩《たた》きつけられた。激しい爆裂《ばくれつ》で泥飛沫が上がる。

「彰子、太陰！　怪我《けが》は⁉」

叫ぶ昌浩に、太陰が怒鳴《どな》り返した。

「昌浩、前！」

飛沫を突《つ》っ切った珂神が鋼の剣《つるぎ》を薙《な》ぎ払う。昌浩はほとんど無意識にそれをかわし、そのまま横飛びに転がった。半回転して膝立ちになり顔を上げた昌浩の視界に、地を蹴《け》る珂神の姿が映る。切っ先が昌浩の胸に狙《ねら》いを定めている。

嗤っている双眸《そうぼう》が、昌浩の心を撃《う》ち貫《ぬ》く。

「――――オン…っ！」

平手で地を叩く。半瞬遅《おく》れて地に亀裂《きれつ》が走った。駆ける珂神の足元が裂《さ》ける。

「くっ」

均衡《きんこう》を崩《くず》した珂神がよろけた。昌浩はその隙《すき》を見逃《みのが》さない。

「伏《ふ》して、願わくば……！」

腰帯《こしおび》に差していた勾陣の筆架叉《ひっかさ》を引き抜《ぬ》き、昌浩はそれを掲《かか》げて叫ぶ。天に向けられた切っ先が、霊気《れいき》を受けて仄白く光った。

「電灼光華《でんしゃくこうか》…っ」

厚い黒雲を蹴散《けち》らして、白銀の稲妻が駆け抜ける。

「急々如律令《きゅうきゅうにょりつりょう》――――っ！」

珂神と真赭が天を振り仰《あお》いだ。ふたりめがけて、雷神の剣が叩き落とされる。

轟音《ごうおん》とともに、周囲が白銀に染め上げられた。震動《しんどう》が遠方にまで広がっていく。そこに、雨音と大蛇の怒号が折り重なって響《ひび》く。

だが、昌浩の耳はそのどれも捉《とら》えていない。鼓膜《こまく》に突き刺《さ》さるのは、体内で生じる重い響き。

どくんと、繰《く》り返される鼓動が、燃え上がる炎が、心を灼《や》いていく。

ひくりと息を吸い込んだ昌浩の胸元で、鈍《にぶ》い音がした。丸玉が完全に砕ける。
かすかなその音は、誰にも聞こえないはずだった。
だが、五感ではなく直感で、彰子はそれを捉えた。
昌浩の手から、筆架叉が滑り落ちて泥飛沫を立てた。
呼吸を忘れる彰子の瞳《ひとみ》が、当代一の見鬼《けんき》と称《しょう》される彼女の『眼《め》』が、それを映し出す。
昌浩の身体を包む、仄白い炎。
それがなんなのか、彼女は知っていた。異界で見た光景。立ち昇る、天狐の力。
無我夢中だった。太陰を離し、声もなく手をのばす。叩きつけてくる激しい雨。
「……ま……っ」
刹那《せつな》、棒立ちになった昌浩の肩越《かたご》しに、鈍い輝《かがや》きが見えた気がした。
彰子は目を瞠《みは》る。
自分のどこにそんな力があったのか、知らなかった。
雨音が聞こえる。大蛇の咆哮《ほうこう》と、時折黒雲を駆け抜ける雷鳴《らいめい》の轟きと。
昌浩の腕を摑《つか》んで引き倒《たお》した彰子の眼前に、得物《えもの》を構えた珂神が。
その唇《くちびる》が、笑《え》みの形に歪《ゆが》む。
「………っ」
均衡を崩して膝をついた昌浩は、激しい鼓動を聞きながら、瞬くこともできない。

彼は見た。

珂神の手にある剣の切っ先が、彰子の胸の下に吸い込まれていく様を。

最奥に青白い炎の揺《ゆ》れる昌浩の双眸が、これ以上ないほどに見開かれてひび割れる。

一切《いっさい》の音が掻き消えた。

「………あ…」

膝をついた昌浩が無意識にのばした腕に、のけぞった彰子がゆっくりと倒れこんでくる。

崩れ落ちる少女の、雨に濡《ぬ》れた髪《かみ》。くるぶしに届く長さだったはずのそれは、半分が腰《こし》より短くなっていて。

「………」

瞠目《どうもく》した昌浩の腕《うで》の中で、紙のように白い面差《おもざ》しが歪む。

どくんと、鼓動が跳ねた。

「…あ………」

雷鳴とともに駆け抜ける閃光《せんこう》。

彼女の身体《からだ》に突き刺さった鋼の刃《やいば》が、それを受けて鈍くきらめく。

「……き…こ…」

すべては、瞬きひとつの間。

灰黒の狼《おおかみ》が、少女を貫いた少年を食い入るように見つめている。

「珂神……！」

珂神比古は嗤《わら》う。それ以上ないほど愉《たの》しげに。

その背後に控《ひか》える赤毛の狼もまた、残忍《ざんにん》で冷淡《れいたん》な眼差《まなざ》しを、昌浩たちに注いでいる。

「……ま……さ……」

途切《とぎ》れ途切れにうめく彰子を茫然《ぼうぜん》と見下ろして、昌浩はからからになった喉《のど》の奥から、必死で声を振り絞《しぼ》った。

「……あ…き…」

腕にかかる重さが、現実のものだと思えない。

「彰…子…っ！」

胸の奥で、炎が揺れる。

早鐘《はやがね》を打つ心臓の響き。

ほかには何も、聞こえない。

◆　◆　◆

卓上《たくじょう》に並べた出雲《いずも》石を手に取りかけて、安倍晴明《あべのせいめい》はふと思案顔をした。のばした指が止まる。

彼の正面に座している勾陣が、怪訝《けげん》そうに首を傾《かたむ》けた。

「晴明、どうした？」

白い丸玉。赤い管玉《くだたま》。碧《みどり》の勾玉《まがたま》。これらの石は、道反大神《ちがえしのおおかみ》の力が込められた、いわば神の依《よ》り代《しろ》だ。それをつなぎ合わせて三種一連の玉とするのだという。

こちらも巫女《みこ》に頼《たの》んで用意してもらったという白い緒《お》を眺《なが》めて、晴明は思慮《しりょ》深い目をした。石にのばしていた指を口元に当てて、老人は熟考している風情《ふぜい》だった。

しばらく主《あるじ》の出方を窺《うかが》っていた勾陣は、老人が口を開くまで待つのと差し迫《せま》っている現状とを秤《はかり》にかけて、後者を選んだ。

「何か気にかかることでもあるのか、晴明」

ようやく目を動かした晴明は、今度は勾陣の顔をじっと見つめてきた。その目の光は、とても強い。後ろ暗いところのある者だったら、平然と対峙《たいじ》することはできないだろう。隠《かく》し事も何もかも、決して見落とすことなく暴《あば》き立ててしまいそうな鋭利《えいり》な眼光だった。

勾陣には暴かれたくないことなど何もないので、足と腕を組んだまま黙然《もくぜん》と視線を受けている。晴明がこういう顔をするときは、何かあるのだ。

勾陣が鼓動《こどう》を六十まで数えたところで、ようやく老人は口を開いた。

「……のぅ、勾陣よ」

「なんだ」

「お前はどうしてそんなに髪が短いのかのぅ」

「―――は？」

思い切り胡乱《うろん》な顔で聞き返す勾陣である。こうくるとは思わなかった。

晴明は残念しきりといった様子で渋《しぶ》い顔だ。

「お前が、たとえば腰の辺りまで髪があればなぁ。いっそひと房《ふさ》もらってそれをつなぎ合わせれば…うらむ、だめだな。結んだものは強度が落ちる」

「晴明」

片手を挙げて、勾陣は老人の言をさえぎった。

「なんとなく予想はついたような気もするが、念のため詳《くわ》しい説明を要求する」

「予想がついとるなら別にいらんだろう。そのとおりだよ」

「私の予想とお前の発想が同じだという確証がどこにある」

食い下がる勾陣に、晴明はさらっと返す。

「確証はないが、たぶんそうだろうとわしが思うのだから間違《まちが》いないよ」

飄々《ひょうひょう》と言ってのける晴明の背に、勾陣は少々険の増した語気で呟《つぶや》いた。

「…この、たぬき……！」

腹立たしいことに、晴明がそう思ったのなら本当に間違いはないのである。こういうところがこの男は昔から人間離《ばな》れしているのだ。

勾陣は粘《ねば》り強くつづけた。

「どうするつもりだ。巫女に乞《こ》うのか」

扉《とびら》を見やり、さすがに老人は首を振《ふ》った。

「そこまでは頼めんよ。大神の不興を買いそうだしのぅ」

「なら……」

言いかけて、勾陣はふいに瞠目した。彼女の表情を見た晴明が片目をすがめる。

「……まぁ、朱雀に怒《おこ》られそうな気もするが、背に腹は代えられん」

寝台《しんだい》に横たわっている天一を顧《かえり》みて、晴明は静かに呼びかけた。

「――――天一」

その声には、言霊《ことだま》が込められている。

血の気を失っている十二神将天一の瞼《まぶた》がかすかに震《ふる》えた。おもむろに開いた目があてなく空を彷徨《さまよ》い、晴明と勾陣の姿を捉《とら》え、緩慢《かんまん》に首をめぐらせる。

空の色より淡《あわ》い瞳《ひとみ》に、安堵《あんど》の光があった。

「……はい、晴明様」

常より幾分《いくぶん》か弱々しい声音が、主の名をのせる。老人は静かに頷《うなず》いた。

「すまんが、お前に頼みがある」

「私に…できることでしたら」

晴明は穏《おだ》やかに目を細めた。

「大したことではないよ。ただ、朱雀が少し怒るかもしれん。そうなったらなだめておくれ」

天一は小さく微笑《ほほえ》んだ。億劫《おっくう》そうに首を上下させて、息をつく。まだまともに快復できていないのだ。長倚子《いし》に横たわっている玄武《げんぶ》同様、主の呼びかけがなければ決して目を覚ますことはなかっただろう。

「何を……すれば…」

「うん」

立ち上がり、晴明はついと手をのばした。しわだらけの指が、くせのない輝《かがや》く金糸の髪を拾い上げる。

「この髪を、少し分けてくれんか」

「それは……いかほど必要なのでしょうか…」

ほんの少し不安そうな響《ひび》きが口調ににじむのは、都にとどまっている朱雀が、彼女のこの見事な黄金の髪をことのほか愛しているからだった。

察した晴明は安心させるように言葉をつなぐ。

「うん、ほんの七、八本。……十本くらいもらえると、嬉《うれ》しいのぅ」

天一は、ほっとした風情で頷いた。

「はい」

では、とそのまま髪を千切ろうとする老人の指を、横からのびてきた手が摑《つか》んだ。

「力任せにするな晴明。女の髪《かみ》は丁重《ていちょう》に扱《あつか》うものだぞ」

嘆息《たんそく》交じりの勾陣は、腰帯《こしおび》に差していた筆架叉《ひっかさ》を引き抜《ぬ》くと、短くなった髪が見えないように、なるべく内側からばらばらばらに一本ずつ切り落とした。

女性ならではの気遣《きづか》いに感心している晴明に、勾陣は切り落とした天一の長い金髪《きんぱつ》をまとめて手渡《てわた》す。

「すまんな、勾陣。ありがとう天一、もういいから、休みなさい」

「申し訳、ありません……」

目許《めもと》に陰《かげ》が落ちる。彼女はそのまま力なく瞼を閉じた。

卓《たく》に戻《もど》った晴明は、天一の髪を丁寧《ていねい》に縒《よ》り合わせて一本の緒を作る。

「女の髪を縒ったものは、同じ太さの糸より強靭《きょうじん》だというからな」

倚子に再び腰《こし》を下ろして手足を組む勾陣に、頷いた晴明は付け加えた。

「それと、もうひとつ。天一は、勾陣、お前と同じ土将だ」

虚《きょ》をつかれて勾陣は目を瞠《みは》った。

髪を縒りながら、晴明はにやりと笑った。

「念には念を入れるということだよ。同じ御統《みすまる》でも、ただの緒でつなげるよりいいだろう」

玉を環状《かんじょう》につないだ飾《かざ》りを上代は御統と呼んだ。土将天一の髪を縒った緒で、道反大神の力を宿す玉をつなぐのだから、これは御統である。

土の力を極《きわ》めれば、水の性である大蛇《おろち》に対抗《たいこう》できるはず。

「あとは、紅蓮《ぐれん》がどこまでやれるかだが……」

さすがにこればかりは、晴明にも予測できない。紅蓮は十二神将最強と謳《うた》われる煉獄《れんごく》の将だが、八岐大蛇は神代に恐《おそ》れられた大妖《だいよう》だ。

ひとつずつ丁寧に玉を緒に通していく晴明に、腕組《うでぐ》みをした勾陣が不遜《ふそん》な語調で告げた。

「なんだ晴明、わからないのか」

「ほう、お前はわかるのか？　勾陣よ」

「無論」

頷いて、勾陣は不敵な笑《え》みを浮《う》かべた。

「お前にやれと言われれば、やってのけるさ。あれは、そういう男だよ」

晴明の命令があれば、己《おの》れのもっとも嫌《きら》う最強の力を解放するだろう。それこそ、十二神将天空《てんくう》の織り成す最強の結界でも阻《はば》めないほどの力を。

自信に満ち溢《あふ》れた黒曜の瞳は、誇《ほこ》らしげにも見えた。

まるで自分のことのように断言する勾陣を見やった晴明は、瞬《まばた》きをした。

「……なるほどな」

最強に次ぐ通力を有する闘将《とうしょう》の紅一点が断言するのだから、間違いないのだろう。

最後の玉を通し、金色の緒を結ぶ。円は果てを持たぬもの。永遠に力がめぐる。つなげられた玉ひとつひとつの力が、めぐることでさらに強く、大きくなっていく。

作成者である晴明なのだが、徐々《じょじょ》に膨《ふく》れ上がっていく御統の波動に、少し困った様子で眉間《みけん》にしわを寄せた。

「……これを運ぶのは、いささかしんどいかもしれんな」

何しろ晴明は一応人間なのである。神将の通力に天津神《あまつかみ》の神気を乗じた神具は、さすがに強すぎた。

唸《うな》る晴明の手から、勾陣が御統を取り上げた。

手のひらから伝わってくる波動は、重さと烈《はげ》しさを伴《ともな》っている。持っているだけで腕《うで》が震えてきた。彼女ですらこうなのだから、ほかの神将たちには触《さわ》らせないほうが無難だろう。

震えを鎮《しず》めるように手のひらを握《にぎ》りこむ。勾陣は土将だ。この御統と属性は同じ。神気の波長を合わせてやればいい。

「これを騰蛇《とうだ》に渡《わた》して、それでどうする」

立ち上がりながら問う勾陣は、このまま出陣《しゅつじん》するつもりだった。瑞碧《ずいへき》の海に沈《しず》められたおかげで怪我《けが》は完治している。通力は回復していないものの、動けるのだから戦いに赴《おもむ》く。闘将である彼女にとって、それは当然の発想だった。

部屋を出る勾陣を追ってきた晴明は、彼女と並んで眉《まゆ》を寄せた。

「どうするといわれても、戦ってもらうしかあるまいよ」

「戦略のひとつもないのか」

「あそこまでの強敵ともなると、これ以上小細工をしても意味はない」

勾陣は押し黙《だま》った。確かに、晴明の言うとおりだ。

ふたりはそのまま本宮《ほんみや》を出て、人界につながる千引磐《ちびきのいわ》に向かった。

風音《かざね》と六合《りくごう》が出て行ってから一刻は経過している。人界は朝を迎《むか》えているはずだが、黒雲に覆《おお》われた空は夜闇《よやみ》のようだろう。

磐《いわ》の前に陣取《じんど》っている大蜘蛛《おおぐも》が、晴明たちに気づいて立ち上がった。

『安倍晴明。それに、十二神将。快復したのか』

「……まぁな」

なぜ快復するに至ったかを思い出し渋《しぶ》い顔をする勾陣に、蜘蛛は不思議そうな視線を向けている。

その蜘蛛の傍《かたわ》らには、先ほど覚醒《かくせい》したばかりの大百足《おおむかで》と鴉《からす》がいた。

『安倍晴明！　安倍晴明よ！』

晴明の前に飛んできた嵬《かい》が、目線の高さを保ちながら息巻く。

『我らの姫《ひめ》が戦いに赴いたというのは真《まこと》か！　なぜ止めなかったのだ！』

『答えよ安倍晴明！　返答次第《しだい》によっては、都へは生かして帰さぬぞ！』

百足に食ってかかられた晴明は蜘蛛を一瞥《いちべつ》した。なんともいえない風情《ふぜい》で目を伏《ふ》せている。

この大蜘蛛とて風音を止めようとしたのだが、彼女の固い意志に負けた。おそらく、それを聞いた百足と嵬からひたすら説教をされていたのだろう。

目覚めたばかりの百足は万全《ばんぜん》ではない。蜥蜴《とかげ》は未《いま》だ海の底で眠《ねむ》っている。すぐさま風音の後を追いたいのだろうが、巫女《みこ》をひとり置き去りにすることもできず、守護妖《よう》たちは苛立《いらだ》ちを募《つの》らせている。

守護妖たちの気迫《きはく》に押されて少々及《およ》び腰になっている晴明の横に、勾陣がすっと出た。

「案じることはない」

『なに!?』

異口同音に凄《すご》む百足と鴉を交互《こうご》に見て、勾陣は言った。

「六合がついているからな。命に代えても守るべきだと、道反大神も仰《おお》せられていた」

ここにいたる道程で、眠っていた間に起こったことを晴明から聞かされていた勾陣だ。

百足と鴉は顔を見合わせた。

『……相違《そうい》あるまいな』

「天地神明に誓《ちか》って」

百足の言葉に片手を挙げて宣言する勾陣に、嵬が羽ばたきながら迫《せま》ってくる。

『万が一姫が傷ひとつでも負われていた場合、わかっておろうな、神将…！』

勾陣は一瞬沈黙《いっしゅんちんもく》した。

『神将⁉　なぜ答えぬ！　貴様、我らをたばかったか！』

「……たばかってはいないが、確約はしかねる」

殺気立つ守護妖たちを一瞥し、勾陣は低くつづけた。

「何しろこれは戦《いくさ》だ。……勝利は、無傷では得られないものだよ」

厳《おごそ》かな言葉とともにかもし出された彼女の苛烈《かれつ》な神気を受け、さすがの守護妖たちも沈黙する。

「先ほども言っただろう。六合がついているのだから、命の危険だけはない。それに……」

三匹《びき》の守護妖たちを見渡《みわた》す彼女の双眸《そうぼう》が、きらりと光った。

「お前たちのその言動は、道反《ちがえし》の姫を侮《あなど》っているとも取れるぞ。風音は我々を圧倒《あっとう》するほどの力を持っている。守護妖たるお前たちが、それを知らないはずもあるまいよ」

理路整然とした勾陣の台詞《せりふ》に、さしもの守護妖たちも返す言葉が見出《みいだ》せない。

晴明と勾陣は、そのまま磐を通り隧道《ずいどう》を進む。念のため、隧道の出口まで百足が同行するということだった。

暗い隧道をもうじき抜けるというところまできたとき、晴明の足が唐突《とうとつ》に止まった。

「――――……っ！」

息を呑《の》んだ晴明の様子にただならぬものを感じ、勾陣は問いただす。

「どうした、晴明」

胸の辺りを押さえた晴明は、青ざめた顔で答えた。

「……天狐《あまきつね》の血が、ざわめいている…！」

さしもの勾陣もさっと顔色を変えた。それが意味するものがなんなのか、彼女は忘れていない。

「天狐の血が、暴走したのか？　昌浩は…！」

目を閉じて気を凝《こ》らした晴明は、詰《つ》め寄る勾陣を見上げて唸った。

「…まだ、昌浩の魂《たましい》を灼《や》くほどではないようだ。だが、制御《せいぎょ》がきかなくなっているようにも感じられる。おそらく、丸玉の力が失われかけているのだろう」

それは、とりもなおさず、昌浩の身に危機が迫っているということだ。血の暴走を鎮める丸玉の神気を打ち砕《くだ》くほどの何かが、起こっている。

ふたりは出口に急いだ。

人界から吹《ふ》き込んでくる風の中に、異質な妖気《ようき》が混じりこんでいる。

八岐大蛇の妖気だ。雨の中にひそんだ大蛇の力が、ここまで強さを増しているとは。そして、遠く離《はな》れている道反でこの状態ということは、大蛇が再臨しているであろう鳥髪峰は、おぞましい蛇神《へびがみ》の力に覆われているに違《ちが》いない。

激しい雨の叩《たた》きつける人界に出た勾陣は、遥《はる》か南方を睨《にら》んで唸《うな》った。六合と風音。太陰と白《びゃっ》虎《こ》、そして騰蛇。

「……っ」

もはや一刻の猶予《ゆうよ》もない。

駆《か》け出そうとする勾陣を、しかし晴明が制した。

「待て、勾陣」

焦《じ》れた様子で振《ふ》り返る勾陣に、老人は険しい語調で告げる。

「このまま出て行っても、雨に当たりつづければお前の神気は削《そ》がれていく」

「では、どうしろと？」

努めて冷静に尋《たず》ねる勾陣に、瞬《また》く間にずぶ濡《ぬ》れになった晴明は、天を仰《あお》ぎながら答えた。

「いまこの国は、大蛇の妖気に覆われ、穢《けが》されている。この雨は大蛇の穢れた血」

風音の口を通した比古神《ひこがみ》たちの嘆《なげ》きが、晴明の耳に甦《よみがえ》った。

老人の双眸が険を帯びる。

「このまま闇雲《やみくも》に戦っても、勝機は少ない。できる限りの手を打たねばならん」

薙《な》ぎ払《はら》えと、神は命じた。

ならば、命じられた人間は、それを果たすために神に乞《こ》おうではないか。

「晴明?」

目をすがめる勾陣に、晴明は厳かに宣言した。

「比古神の力を招喚《しょうかん》し、あの雨雲を打ち払う」

雨となってこの地に降り注ぐ大蛇《おろち》の毒血を止めなければ、大妖《だいよう》は倒《たお》せない。

この雲は、九流の王が呼んだもの。九流族の王珂神比古が、時をかけて蓄積《ちくせき》させた念で呼び込んだ、大蛇の力の源。

「雨が止《や》めば、大蛇の力も少しは削ぐことができよう。それしかない」

「それは…そうだが……」

雨雲と晴明とを交互に見やり、勾陣は言葉を失った。

そうだ。この男は、安倍晴明なのだ。

祭祀《さいし》王珂神比古が呼んだ雨は、生半《なまなか》な神や術者では掃《はら》えない念の塊《かたまり》。

だが、この男にならば、おそらくそれが可能なのである。

神にも通じる天狐の血を引いた人間。人と異形の合いの子たる晴明にならば。

そうして彼女は気づく。

そう、あるいは、天狐ならば、いにしえの大妖八岐大蛇に拮抗《きっこう》することができるのだ。

晴明は、雨を受けながら瞑目《めいもく》した。

昌浩の安否が気にかかる。そしてもうひとつ、彼の中にくすぶりつづけている予感があるのだ。

それの正体は未《いま》だに摑《つか》めない。

閉じた瞼《まぶた》の裏に、かすかな光が爆《は》ぜる。

叩きつけてくる雨が、その光を打ち消してしまう。大蛇の力が、晴明が本来持っている直感すらも鈍《にぶ》らせる。

瞼を上げ、安倍晴明は雨にけぶる空を睥睨《へいげい》した。

稲妻《いなずま》の駆ける遥かな空。

あの下に、恐《おそ》ろしい大妖がいるのだ。

3

◆　◆　◆

赤い螢《ほたる》の夢を見た。

それは、数日前のこと。

「あれきりだから、やっぱり特に意味はなかったのかなぁ」

陰陽寮《おんみようりよう》の暦部署《れきぶしよ》で、安倍成親《なりちか》は小さく呟《つぶや》いた。

寮に来る前に安倍邸《てい》に寄ってきたのだが、やはり彰子には会えなかった。臥《ふ》せっているというが、病状がどのようなものなのか成親は知らされていない。

「昌浩もいないし、おじい様もいないし、さすがに母上や父上は詳《くわ》しいことは知らないだろうしなぁ」

雑鬼《ざつき》たちが案じているのはまあいいとして、弟の昌親《まさちか》も心配している。

「帰りがけにまた様子を見に行くか？　でもなぁ、そう何度も何度も顔を出すと、青龍《せいりゆう》たちに睨まれそうな気もするしなぁ」

口の中でぶつぶつと呟いていた成親は、陰陽部署のほうからやってくる人影《ひとかげ》に気づいた。

成親を見つけた藤原敏次《としつぐ》は、ぱっと目を輝《かがや》かせて暦部署に入ってくる。

一番奥にある成親の文台《ぶんだい》のところまで足早にやってきた敏次は、膝《ひざ》をついて頭を下げた。

「先日はありがとうございました」

「ああ、敏次殿《どの》。久々の出仕だな」

「はい。先ほど行成《ゆきなり》様のところに伺《うかが》って参りました」

「そうか。貴殿《きでん》の元気な姿を見て、ほっとされたことだろう」

頷《うなず》いて、敏次は嬉《うれ》しそうに目を細める。

「こちらに向かう途中《とちゅう》で昌親様にもお会いしまして…。心配してくださっていたと伺い、驚《おどろ》くやら申し訳ないやらで…」

都中にあふれた異形に陰陽生と直丁《じきちょう》が遭遇《そうぐう》した話は有名なのだ。

こんなとき頼《たよ》れるはずの稀代《きたい》の陰陽師《おんみょうじ》はここのところずっと病床《びょうしょう》にあり、誰もが形にできない不安を抱《かか》えている。

「昌浩殿は、やはりまだ出仕できないのですね。あと数日は籠《こ》もらなければならないらしいと聞きました」

ふいに、敏次は眉《まゆ》を曇《くも》らせた。

「どうされた、敏次殿」

彼の表情に気づいた成親が尋ねると、敏次は少し言い澱《よど》んでから口を開く。

「いえ……。昌浩殿にはなんの非もないのですが、長《なが》の物忌《ものいみ》でまた勉強が遅《おく》れると、本人が苦労するだろうなと、思いまして」

「ああ…」

成親は頷いて、苦笑《くしょう》気味の顔をした。

「まぁ、あれもそれはわかっているだろうから、出仕がかなったら猛《もう》勉強して遅れを取り戻《もど》すだろう。籠もっている間に自習もできるだろうし。それよりも、雑事が増えるこの時期にあれが出てこられないのは、貴殿ら陰陽部の者たちは少し困るだろう」

乞巧奠《きこうでん》を数日後に控《ひか》え、やらなければならない雑務が激増する時期である。

敏次は首を振った。

「いえ、それは我々が手分けをしてこなしますので、ご心配には及《およ》びません。物忌ばかりはどうしようもありませんし」

この大内裏《だいだいり》に穢れを持ち込まれては困るのだ。そんなことになるくらいだったら、邸《やしき》に籠もって潔斎《けっさい》してくれているほうがありがたいのである。

「あ、そろそろ仕事に戻らねば」

腰《こし》を浮《う》かせる敏次に、成親はふと気がついて言った。

「だいぶ勉強が遅れただろう。ここに顔を出してよかったのか？」

遅れているのだから、それを取り戻すためには時間がいくらあっても足りないはずだ。それに、陰陽生といっても役人である以上、彼らに課せられた仕事もある。

すると敏次は、いたく感じ入った様子で答えた。

「実は、昨日の礼をしてくるようにと、博士《はかせ》が取り計らってくださったのです」

仕事と勉強で、敏次は今日から残業の日々がつづくことになる。こういったことは早めに済ませて専念しろという配慮《はいりょ》であるらしかった。

「なるほど、伯父《おじ》上らしい心配りだな」

陰陽博士の安倍吉平《よしひら》は、成親にとっては伯父に当たる人物だ。

「はい。お心遣《こころづか》い、感謝しております。では成親様、私は仕事に戻ります」

きっちりと一礼をして立ち上がろうとした敏次は、突然《とつぜん》眉を曇らせた。

「……あの、成親様。ひとつ、伺ってもよろしいでしょうか」

「どうした？」

訝《いぶか》る成親に、敏次はさっと視線を走らせて、近くにひとがいないことを確認《かくにん》する。

「久方ぶりに出仕して、なんとなく感じたのですが…」

言い差し、敏次は思慮《しりょ》深い目をした。

「私には見鬼《けんき》の才というものがありませんので、ただの勘《かん》です。それを踏《ふ》まえたうえでお聞きください。あの、大内裏の…あちら側の空気が、いささか、妙《みょう》な気がするのですが、成親様はそのようなことは…？」

敏次がちらと視線を投げたのは、帝《みかど》と后《きさき》たちが住まう内裏である。

思いがけない敏次の言葉に、成親はすぐに言葉が出てこなかった。

「……それは…気がつかなかったが…。それを伯父上には？」

「言上することも考えたのですが、先程《さきほど》も申しましたように私には見鬼の才がありませんので、ただの気のせいという思いも拭《ぬぐ》えません。それで、成親様の意見を伺ってからにしようと思ったのです」

「そうか…。わかった、心を配っておくことにしよう」

敏次は慌《あわ》てて首を振《ふ》った。

「いえ、やはり私の思い過ごしでしょう。申し訳ありません。戯《ざ》れ言です。お聞き捨てください。では」

来たときと同じように足早に戻っていく敏次の背を見送っていた成親は、彼の言葉を頭の中で反復させた。

内裏の空気が、妙だと。

立ち上がって簀子《すのこ》に出た成親は、内裏の方角に目を向けた。

内裏は陰陽寮の北方。幾《いく》つかの建物と門と塀《へい》に囲まれているので、内裏自体はここからは見えない。

内裏の上空をじっと見つめる。

しばらくそうしていた彼は、うなじにちりちりとしたものを感じて顔をしかめた。

うなじに手を当てて目をすがめる。

「……妙な気、ね……」

先程はああ答えたが、言われてみれば、かすかに何か感じるような気もする。

数日前まで記憶《きおく》を手繰《たぐ》って思案する。それから、日々の気象や占《せん》、式盤《ちょくばん》の結果を細かく書きとめた書類を一括《いっかつ》で収納してある塗籠《ぬりごめ》に足を運び、ここ数日の記録紙に目を通す。こうやって料紙に書き留められたものをまとめて書き写すのも、最近の昌浩の仕事のひとつだった。

水無月下旬頃《みなづきげじゅんごろ》までは、特に異変はなかった。その頃《ころ》から少しずつ、空気の色が違《ちが》ってきたらしい。だがそれは微細《びさい》な違いで、気をつけて見ていなければわからないようなものだった。

連日出仕している成親は、かすかなそれに少しずつ慣らされて、おかしいと感じることはなかった。

敏次がそれを察知することができたのは、変化が現れはじめた頃に物忌に入り、ずっと精進《しょうじん》潔斎していたため、感覚が研《と》ぎ澄《す》まされた結果だろう。

「しまったな、仮にも博士の地位にありながら、見落としていたとは……」

まだまだ修行《しゅぎょう》が足りないとみえる。

ているのだ。

だが、陰陽頭を筆頭に誰ひとり気づいていないだろう。それほどゆるやかに、空気が変わっ

「乞巧奠の準備で寮全体が浮き足立ってもいるからな…。それにしても…、うーん、やっぱりよくわからん」

首をひねって片目をつぶる。

示されているものは、いったいなんだろう。

しばらく書類を睨《にら》んでいた成親は、その幾つかを頭の中に叩《たた》き込むと、塗籠を出た。

どうやら、退出後、安倍邸に赴《おもむ》く必要が生じた気がする。

そのときまでに、祖父が戻っているといいが。

「あっ、博士！」

塗籠から出た途端《とたん》、こちらに進んでくる暦生《れきせい》たちと目が合った。

「お捜《さが》ししました」

「どこにいかれたのかと」

「まさか、朝から脱走《だっそう》かと」

口々に言い募《つの》ってくる暦生たちをぐるりと見渡《みわた》し、成親は深々と息をついた。

こいつらは俺をいったいなんだと思っているんだ。

だが、日々の所業が災《わざわ》いしていることも一応自覚しているので、口には出さない。

そのまま暦生たちは、逃《に》がさないようがっちり囲んだ成親を、暦部署に護送していった。

蔀《しとみ》を上げて室内に風を入れながら、十二神将天后《てんこう》は息をついた。

「……晴明様は、いつ戻られるのかしら」

彼女の呟《つぶや》きを聞いた青龍が、ぴくりと眉を動かす。彼の眉間《みけん》に刻まれたしわの数が、怒《いか》りと憤《いきどお》りを表している。

魂魄《こんぱく》の状態で道反から戻《もど》ったと思ったら、実体で取って返した安倍晴明は、未《いま》だに戻る気配がまったくない。

老人が横たわっていた茵《しとね》を睨み、青龍は物騒《ぶっそう》に唸《うな》る。

「……戻ったら、ただではおかん」

部屋のほぼ中央で胡座《あぐら》をかいた青龍の宣言に、柱にもたれて片膝《かたひざ》を立てた朱雀がため息をついた。

「まぁ、その気持ちもわからないではないが…」

朱雀とて、気持ちは同じだ。だが、それ以上に、彼は天一の身を案じているのだった。

貴船《きふね》の祭神 高龗神《たかおかみのかみ》によれば、はるか西方出雲の地で、何ごとかが起こっているのだという。

彼《か》の神は、朱雀たち十二神将の主《あるじ》安倍晴明にそれを見定めるよう命じたのだ。

朱雀は右手のひらをみつめた。

神将といえども感情はある。喜怒《きど》哀楽《あいらく》は人間のそれと変わらないし、恐《おそ》ろしいと思うこともあるのだ。

朱雀は、届かないことが怖い。

声が、心が。想いが、のばした手が、届かないことが。

握《にぎ》りこんだ拳《こぶし》。膝《ひざ》の上に置いたそれに額を押しつけて、目を閉じる。

あのとき、のばした手は届かなかった。否《いな》、届いていたのかもしれない。だが、掴《つか》みたかった手は掻《か》き消えて、彼の指は虚《むな》しく空を切ったのだ。

ここにはいない天一の、白く長い指を思い出す。そうして、金の髪《かみ》に縁取《ふちど》られた面差《おもざ》しとはまったく異なる、もうひとつの面影《おもかげ》が脳裏《のうり》を掠《かす》めた。

久しく思い出すことはなかったのだが、神の問いかけが記憶の底にしまっておいたものを揺《ゆ》り起こしてしまったようだ。

ひとならぬ十二神将の身であっても、出雲の国、道反《ちがえし》の聖域は遠い。以前白虎の風で筑紫《ちくし》の国に赴いたことがあるが、あのときもだいぶ時間がかかった。

いま、風を操《あやつ》ることのできる風将は二名とも道反の聖域にいて不在だ。

「……」

誰ともなしに息をつき、重い沈黙《ちんもく》がさらに重くなった。

そのとき、普段《ふだん》は異界に留《とど》まっている同胞《どうほう》の神気が、室内に降り立った。

「……皆《みな》さん、随分《ずいぶん》と浮《う》かない顔をされていますね」

顕現《けんげん》した十二神将太裳《たいじょう》は、衣《ころも》の袖《そで》に手を入れるいつもの立ち姿で、気遣《きづか》わしげな顔をした。

蔀の前に立っている天后を振り向き、太裳はさらに表情を曇《くも》らせる。

「天后、随分疲《ずいぶんつか》れた顔をしていますよ。異界に戻って、少し休んだほうがよいのではありませんか？」

天后は緩慢《かんまん》に首を振った。

「いいえ……。晴明様のご命令があるの。晴明様がお戻りになるまでは、私はここを離《はな》れることはできないわ」

「ですが……」

合わせていた手をほどき、袖から出した手を天后の額に当てる。

「通力が弱まっていますね。気疲《きづか》れのせいでしょう」

心底案じている太裳の言葉に、天后は目を伏《ふ》せる。彼の言うとおりなのだ。

ふたりを一瞥《いちべつ》した青龍が、不機嫌《ふきげん》そうに口を開いた。

「太裳、何をしに来た」

剣呑《けんのん》に問われた太裳は、振《ふ》り返って少し首を傾《かたむ》ける。

「何を、と言いますと…？」

青龍の表情がさらに険しさを増す。

「用もないのに来たのか」

「特に用というわけではありませんね。ただ、天空の翁《おきな》が、晴明様が不在ならば、私も念のためこちらに身を置いていたほうがいいのではないかと仰《おっしゃ》ったのですよ。それで」

「太裳」

「はい？」

瞬《まばた》きをする太裳に、彼より幾分《いくぶん》か年嵩《としかさ》の風体《ふうてい》をした青龍は、冷え冷えとした語調で返した。

「貴様がいま言ったそれは、用というやつではないのか」

太裳は瞬きをした。天后を顧《かえり》みて、そうでしょうかと目で問うてみる。

彼女がこくりと頷《うなず》くのを見て、太裳はさらに朱雀を見やった。朱雀もまた、無言で首肯《しゅこう》する。

ふむふむと感じ入ったそぶりを見せ、青年は口を開いた。

「では、そういうことに。ときに青龍、なんだかやけに怖い顔をしていますが、あまり眉間にしわを寄せないほうがいいと思います」

青龍のこめかみがぴくぴくと動いているのを見て取り、朱雀はそっと目をそむけた。ここで青龍と目が合ったら、とばっちりがくる。

無言の青龍に、太裳は気づかない風情《ふぜい》でつづけた。

「晴明様もよく仰っていますが、そうやっていつも眉間にしわを寄せていると、いつか消えなくなってしまうかもしれません。それは回避《かいひ》したほうが…」

「――――太裳」

地を這《は》うような声音《こわね》が轟《とどろ》き、太裳は瞬きをした。

「はい」

「くだらないことを並べるために来たのなら、異界に帰れ」

太裳は困惑《こんわく》した様子で反論する。

「翁の命がありますので、帰るわけには。ああ、青龍。しわもそうですが、そのきつい物言いも少し柔《やわ》らかくしたほうがいいと思います」

思慮《しりょ》深い口調で淡々《たんたん》と並べられる言葉に、青龍の表情が、さらにさらに険しさを増す。

「それに……」

天后を顧みて、太裳は眉《まゆ》を寄せる。

「同胞《どうほう》が心痛を抱《かか》えているのを見過ごすことはできません。私にできることは、しなければ」

一瞬《いっしゅん》置いて、青龍が低く唸る。

「……念のために聞くが、貴様が言うところの心痛を抱えた同胞というのは、誰をさしている」

「それは勿論《もちろん》、か弱い女性《にょしょう》である天后です」

うていた。

「それだけか、本当にそれだけか」

いま、自分の発言で、ほかの同胞が心を乱しているとは考えられないかと、青龍は言外に問

太裳は考える風情で腕《うで》を組んだ。

「……天一は道反ですし…」

朱雀は青龍を一瞥《いちべつ》した。この後どういう状況になるか、おおよその察しはついている。こめ

かみのあたりに手を当てて、朱雀は隣室《りんしつ》を窺《うかが》った。

神将たちの声は徒人《ただびと》には届かないが、そうでない者には丸聞こえだ。

蔀《しとみ》の前に立っている天后が、太裳の袖を引いた。

「太裳、あの」

「はい？　どうしました、天后。おや、先ほどよりも顔の色が優《すぐ》れないようですよ、やはり休

養を取ったほうが」

「ええ…、いえ、そうじゃなくて」

青龍の様子を窺いながら、天后は言葉を選んだ。

「晴明様がお戻りになられたら、休むわ。だから、あなたは異界に、翁の許《もと》に…」

このままだと、不機嫌な青龍の集中砲火《ほうか》が太裳に炸裂《さくれつ》する。それだけは避《さ》けなければ。

「大丈夫《だいじょうぶ》だから、ね」

「天后、無理はいけませんよ。神将といっても限界はあります。我々の中でも二番目に強大な通力を誇《ほこ》る勾陣ですら、道反で静養しなければならない状態に陥《おちい》ったりするのですから」

そうして太裳は、ふと瞬きをして手をぽんと叩《たた》いた。

「ああ、そういえばあなたは勾陣とことのほか仲のいい間柄《あいだがら》でした。勾陣のことも気にかかっているのですね。失念していました。思い至らなくて申し訳ありません」

「あ……」

ついと頭を下げる太裳に、天后は一瞬言葉が出てこない。

そのとき、鋭《するど》い声が飛んできた。

「太裳、貴様は無駄口《むだぐち》を叩きにきたのか」

太裳は首をめぐらせて、瞬きをした。

「そんなことは決してありません。……青龍、なんだか怒《おこ》っていませんか」

しげしげと青龍を眺《なが》める太裳の袖を、天后が必死に引いている。だがその意はどうやら伝わっていないらしく、太裳は首を傾けて言った。

「晴明様が道反《ちがえし》に行ってしまわれたということは私も翁も聞き及《およ》んでいますが、どうやら差し迫《せま》った事情がありそうですし…。無事に戻《もど》ってこられたら、反省していただけばすむことでしょう。ご本人がいらっしゃらないのにずっと怒っていると疲《つか》れがたまる一方ですよ」

青龍の眉が吊《つ》り上がった。

「………、俺の気分を現在進行形で害しているのは貴様だ——っ！」

怒号《どごう》が轟く。

太裳は目を丸くして、言葉を失っている。

彼の後ろから、青くなった天后が出てきて膝《ひざ》をついた。

「あの、ごめんなさい青龍」

「俺がいつお前を責めた」

「そ、れは…」

睨《にら》まれて口ごもる天后に、青龍は畳《たた》みかけた。

「自分に責のないことでいちいち謝るな」

「…はい」

と、彼女の肩《かた》に手を置いた太裳が口を挟《はさ》んできた。

「青龍、そういう言い方はないでしょう。彼女に非がないというなら、どうしてそんなに険しい口調で責め立てるような真似《まね》をするのです」

「貴様が言うか！」

火に油を注ぐ太裳に、青龍は牙《きば》を剝《む》いて吠《ほ》え立てた。

太裳の紫苑《しおん》の双眸《そうぼう》が、まじまじと青龍を見つめる。しばらくそうしていた彼は、ひょいと膝をついて青龍の前に正座をした。

「青龍、すみません。どうやら私はまたあなたの癇《かん》に障《さわ》ってしまったようです」

「自覚があるなら改めろ。あの戯《たわ》けのことだけでも頭が痛いというのに」

険のある青龍の言葉に、太裳の眉がよった。

「青龍、いくらなんでも、主《あるじ》のことを戯け呼ばわりするのはいかがなものかと思うのですが」

「貴様は…！」

果てがなさそうなふたりのやり取りの狭間《はざま》でおろおろしていた天后は、いつの間にか立ち上がっていた朱雀が手招きしていることに気がついた。

少し逡巡《しゅんじゅん》したものの、自分が口を出してもどうにもならないことがわかっているので、天后は立ち上がる。

「どうしたの、朱雀」

廊《ろう》に出て朱雀は、隣室をさした。

「これだけ騒《さわ》いでいると、さすがに聞こえるだろう。様子を見てきてくれないか」

天后は瞬きをして頷いた。

「わかったわ」

そうして彼女は、ふと苦笑《くしょう》を見せた。

「天一がいれば、彼女に頼《たの》めたのにね。私でごめんなさい、朱雀」

朱雀は目を和《なご》ませて軽く肩をすくめる。

「そういうことを言ってくれるな」

屋根の上にいると言い置いて、朱雀はふっと掻《か》き消えた。青龍が治まるまで、距離《きょり》をとっていたほうが賢明《けんめい》だ。

晴明の部屋では、正座をした太裳に対する青龍の説教が懇々《こんこん》とつづいている。

肩越《かたご》しにそれを見て、天后は軽く息をついた。

隣室の妻戸を小さく叩き、室内の様子を窺う。返答はない。

「失礼します。……姫《ひめ》？」

一声かけて妻戸を開けた天后は、締《し》め切りのせいで暗い室内を見渡《みわた》し、息をついた。

壁際《かべぎわ》をそっと移動して、静かに蔀を上げる。清々《すがすが》しい陽射《ひざ》しが入ってきた。

眩《まぶ》しさに目を細めた天后は、そのまま振《ふ》り返った。

光がぎりぎり届く位置に敷《し》かれた茵《しとね》。髪箱《くし》に収まった黒髪《くろかみ》に、陽が当たっている。

横たわった彰子は目を閉じたままだ。

音を立てないようにして枕元《まくらもと》に膝をついた天后は、翳《かげ》のさしている彰子の頬《ほお》に指を添《そ》えた。

通常よりも冷たく感じる。肌《はだ》にも血の気がまるでない。ずっと眠《ねむ》ったままなので、何も食べていないのだ。

「…晴明様が戻られたら、姫のことを視《み》ていただかなくては……」

病《やまい》が重いのか、それとも何か別の要因があって目を覚まさないのか。天后たち神将には、その判別がつけられない。

人間はあまりにも脆弱《ぜいじゃく》で、自分たちが迂闊《うかつ》なことをすると、壊《こわ》してしまうのではないかというかすかな懼《おそ》れもあるのだった。

そっと嘆息《たんそく》した天后は、胸のところまでかけられた袿《うちぎ》の上に出ている彰子の左腕《ひだりうで》を取った。単衣《ひとえ》の袖口《そでぐち》から瑪瑙《めのう》の腕飾《うでかざ》りが覗《のぞ》く細い腕を袿の中に入れ、冷えないように肩まで引き上げてやる。この腕飾りは、確か昌浩が彼女に贈《おく》ったものだということだ。

病身でもはずさずにいるのだから、この上もなく大切にしているのだろう。それが少し微笑《ほほえ》ましい。

ここ数日発熱して臥《ふ》せっていたので、彼女は身体《からだ》を拭《ふ》くこともできていない。目を覚ましたときに熱がなかったら、身を清めて、久しぶりに髪を洗うのもいいかもしれない。

「太陰か白虎がいれば、すぐに乾《かわ》かせるし…」

女性の長い髪は、一旦《いったん》洗うと乾くまでに一日かかるのだ。だが、太陰たちの風を使えば、それほど時間は必要ない。

隣室《りんしつ》からは青龍の声が未《いま》だにつづいている。

天后はため息をつき、彰子の部屋の簀子《すのこ》に出た。

陽射しが強い。出雲の地は、この都と同じように晴れているだろうか。

しばらく空を見上げていた天后は、ふと、視線を感じた気がして瞬《まばた》きをした。

注意深く辺りの様子を窺《うかが》う。翠《みどり》の双眸がゆっくりと滑《すべ》り、一点で止まった。

塀《へい》の向こう。路地に植えられた柳《やなぎ》の枝に、一羽の鴉《からす》がとまっている。

鴉は、鳴きもせずにこちらを凝視《ぎょうし》していた。

「……あの、鴉…」

頭のどこかで警鐘《けいしょう》が響《ひび》く。

鴉を睨んでいた天后は、身を翻《ひるがえ》して隣室に駆《か》け込んだ。

「青龍」

「なんだ」

振り返った青龍の前で、正座をしたままの太裳がうなだれていた。反省しきりといった風情《ふぜい》の彼もまた、天后の語気にただならぬものを感じて顔をあげる。

「どうしました、天后」

天后は長い銀の髪をなびかせて蔀《しとみ》に駆け寄った。上げた蔀から庭を覗き、先の鴉がまだいることを確認《かくにん》する。

「あの鴉。なんだか、気になります」

立ち上がった青龍と太裳が、天后の左右に来て問題の鴉を認める。

それからしばらく、三人は無言だった。

柳にとまっている鴉を凝視していた青龍は、口を開いて低く呼びかけた。

「――朱雀」

ややおいて、返答がある。

《どうした、青龍》

屋根の上にいるはずの朱雀に、鴉のことを告げる。少し間があり、朱雀は緊迫《きんぱく》した語調で言った。

《……あの鴉、生き物とは違《ちが》う気配を漂《ただよ》わせている。……似ているな、あの獣《けもの》に》

青龍の双眸がきらりと光った。

息を呑《の》んだ天后が、そのまま出て行きかけるのを、青龍が腕を摑《つか》んで制した。

「待て」

「青龍？」

振り返る天后を引き戻《もど》し、青龍は太裳に言い渡《わた》した。

「俺と朱雀が行く。お前と天后は邸《やしき》と姫を」

太裳は一礼した。

「心得ました」

抗議《こうぎ》の声を上げようとした天后を目で黙《だま》らせた青龍は、そのままふっと姿を消す。近くにあった朱雀の神気も消えた。

鴉の鳴号が響いた。ぎゃあぎゃあと鳴きながら漆黒《しっこく》の翼《つばさ》を羽ばたかせ、そのままいずこかへと飛び立っていく。

それを見送った天后は、暗い面持《おもも》ちで息をついた。

なんだかいつも、置いていかれる気分だ。

「どうしました、天后」

引かれるように顔をあげると、太裳の穏《おだ》やかな眼差《まなざ》しがあった。

「……私は力が足りないから、こういうとき、いつも後衛に回されるのよ。いまも、青龍は朱雀を呼んだでしょう。私が横にいたのに…」

自嘲《じちょう》気味に呟《つぶや》く天后に、太裳は目を細くして言った。

「青龍が朱雀を伴《ともな》っていったのは、邸にあなたが残っていれば安心だからでしょう」

思いがけない言葉に、天后は目を瞠《みは》る。太裳はほけほけと笑ってつづけた。

「私は戦う術《すべ》を持っていません。異界におられる翁《おきな》もまたしかり。いまは、あなただけが頼《たよ》りですよ、天后」

邸と姫をと、青龍は言ったのだ。彼らふたりを信頼《しんらい》しているから発せられた言葉である。

天后の頭をよしよしと撫《な》でて、太裳は隣室のほうに目をやった。

「彰子姫は、目を覚まされましたか？　私が青龍を怒《おこ》らせてしまいましたから、あの騒ぎでさぞうるさかったのではないかと……」

気遣《きづか》う太裳に、天后は薄《うす》く笑って首を振った。

「それは、心配ないわ。ただ……」

言い差し、彼女は眉《まゆ》を曇《くも》らせた。

先ほど見た彰子の面差《おもざ》しが、彼女の脳裏《のうり》をよぎる。

「顔に血の気がないの。晴明様が戻られたら、視ていただかないと」

太裳は、驚《おどろ》いたように軽く目を開いた。

「そんなに、ですか？　それは……」

彰子の症状《しょうじょう》は、ただの病とは別物なのだ。身の内に巣くっている大妖窮奇《だいようきゅうき》の呪詛《じゅそ》が、生気を蝕《むしば》み病《や》んだもの。

陰陽師《おんみょうじ》が近くに在り、常にその呪詛を抑《おさ》えつづけていなければならない、窮奇の厄介《やっかい》な置き土産《みやげ》だった。

「窮奇……。死したのちもなお、苦しみの種を残してくれるとは…」

太裳の重い呟きに、天后は悄然《しょうぜん》と頷《うなず》いた。

◆　◆　◆

4

赤い螢《ほたる》の、夢を見た。


どくんと、鼓動《こどう》が跳ねている。

昌浩の胸の中で、それだけが絶え間なく鳴り響く。

腕の中にいる彰子の身体に突《つ》き立てられた鋼の剣《つるぎ》。

「邪魔《じゃま》をするなよ、娘《むすめ》」

吐《は》き捨てるような低い声に、昌浩はびくりと肩《かた》を震《ふる》わせる。のろのろと視線をめぐらせる。

赤い双眸《そうぼう》が、冷酷《れいこく》な眼光が、昌浩と彰子を見下ろしていた。

どくんと、鼓動が跳ねる。

夢で見た赤い螢。それと同じ色をした、珂神比古の双眸。

昌浩の視線を感じ、珂神は冷たく嗤《わら》う。

「よかったな、命拾いをしたじゃないか。——ほんの僅《わず》かの間だけ」

ついと掲《かか》げられた珂神の右手に、赤い火花が弾《はじ》けた。

昌浩は息を詰《つ》めた。どくんと鼓動が跳ねる。内から生じる衝撃《しょうげき》が全身を駆けめぐり、激しい苦痛を伴った。

「……っ、禁……！」

空に五芒《ごぼう》を描《えが》き、振《ふ》り絞《しぼ》るように叫《さけ》ぶ。

珂神の放った赤い雷撃《らいげき》を、五芒の障壁《しょうへき》が辛《から》くも撥《は》ね返した。だが、それを維持《いじ》しようとする昌浩の身の内で、耐《た》え難《がた》い苦痛が暴れまわり、障壁が揺《ゆ》れる。

「……彰子……姫《ひめ》…」

立ちすくんでいた太陰が、茫然《ぼうぜん》と呟いた。

さっきまで自分の隣《となり》にいたのだ。自分を離して、昌浩に向けて手をのばして、それで。

「……あ…」

昌浩の腕の中で顔を歪《ゆが》めた彰子が、自分の胸の下に手を当てている。

それまで硬直《こうちょく》していた太陰は、声にならない悲鳴を上げて、昌浩と彰子に駆け寄った。

「姫、彰子姫———！」

無我夢中《むがむちゅう》で剣に手をかけようとし、はっと気づいて引っ込める。闇雲《やみくも》に抜《ぬ》けば命取りになる。

ぱちぱちという火花の爆《は》ぜる音が太陰の鼓膜《こまく》を叩《たた》いた。視線を滑《すべ》らせた太陰は、傲然《ごうぜん》と嗤う珂神の手にある赤い火花が、大きく膨《ふく》れ上がっていくのを見た。

太陰の双眸が怒《いか》りに燃えた。

「この……っ、よくも…！」

神将は人間を傷つけてはならない。殺してはならない。それが理《ことわり》だ。

でも、いま彼女の前に立つのは、本当に人間なのだろうか。

大妖八岐大蛇の力の器《うつわ》。心を、意思を失った、抜け殻《がら》の肉の器だ。

太陰の全身から、怒りに任せた神気が迸《ほとばし》る。限界のはずの彼女のどこにこれほどの力が残っていたのか。

「よくも、彰子姫を……！」

殺気をまとった太陰の腕を、昌浩が掴んだ。

「太陰…っ、太陰、だめだ……っ！」

身の内の炎《ほのお》が暴れている。ともすれば気を失ってしまいそうな苦痛が突き上げてくる。鎮《しず》めの丸玉を失った昌浩を止められるものは、何もない。

天狐の力が、昌浩の命を灼《や》こうとしている。

仄白《ほのじろ》い炎が昌浩の体から立ち昇《のぼ》る。

うっすらと目を開けた彰子は、昌浩の頰《ほお》に手をのばした。

「……昌…浩…」

剣の突き刺《さ》さった箇所《かしょ》に手を当てて、彼女は懸命《けんめい》に言葉を発する。

「……だい…じょうぶ……だか、ら……」

昌浩は声もなく首を振る。見開かれたままの瞳《ひとみ》から、涙《なみだ》がこぼれ落ちるのが見えた。

「ま……ひ…ろ、ほんとうに…」

大丈夫《だいじょうぶ》なのだ。

どうしてだろう。彰子は混乱した頭で必死に考える。

昌浩の腕《うで》を摑《つか》んでかすかに首を振り、困惑《こんわく》したように顔を歪めた。

「……痛く…ない、の…」

刺さったままの剣。なのに、彼女は苦痛をまったく感じていなかった。

「どう、いう、こと…」

訝《いぶか》る太陰に、彰子はもう一度繰《く》り返す。

「ほんとに…、痛く、ないの。苦しくも、なんとも。ただ……」

ひどく、寒い。

少しずつ肌《はだ》の感覚が薄れていく。寒さも、冷たさも、何もかも、消えていく。

彰子は身震《みぶる》いした。自分の体がおかしい。自分のもののはずなのに、まるでまったく別の何かのように、感じる。

昌浩の腕を摑んでいる指も、少しずつ感覚を失っていくのだ。

彼女の異変に気づいた昌浩は、激しい脈動を必死で抑え込みながら口を開いた。

「あきこ…、彰子……！」

と、彼の後方によろよろと進んできたたゆらが、血相を変えて叫んだ。

「よせ、珂神！」

昌浩と太陰が反射的に振り返る。同時に、昌浩の作った五芒の障壁が打ち砕《くだ》かれた。

霊撃《れいげき》が炸裂《さくれつ》し、昌浩と太陰が撥《は》ね飛ばされる。

支えを失った彰子の許《もと》にゆっくりと歩を進めた珂神は、彼女の胸に刺さった剣の柄《つか》に手をのばした。

「そろそろ、何も感じなくなってきただろう」

「……、……」

剣を引き抜いた珂神は、腹部に穿《うが》たれた傷に、無造作に指を突っ込んだ。

「…っ！」

声にならない悲鳴と喘鳴《ぜんめい》がこぼれる。

衝撃を堪《こら》えて立ち上がりかけた昌浩は、目の前で繰り広げられている光景に身動きができなくなる。

傷に手首まで埋《う》めて内部をまさぐっていた珂神は、目的を探《さぐ》り当てて手を引き抜いた。

彰子の肢体《したい》が大きくのけぞる。そのまま弛緩《しかん》してぐったりと動かなくなった。

雨を受けて嗤う珂神に、太陰の竜巻《たつまき》が怒号《どごう》とともに叩きつけられる。飛び退《すさ》ってそれを回避《かいひ》した珂神の手には、黒いものが握《にぎ》られていた。

昌浩はまろぶように駆《か》け出した。雨に打たれる彰子に駆け寄る。苦痛に歪んだ面差《おもざ》し。

どくんと、昌浩の鼓動が一層激しく鳴り響《ひび》いた。膝《ひざ》をついて彰子に手をのばそうとするのに、意に反して体がうまく動かない。

「……ぐ……っあ…！」

胸の奥で、炎が燃え上がる。

昌浩と彰子に近づいたたゆらは、腰《こし》を落として彰子の口元に顔をよせる。

「彰子…、まだ聞こえるだろう？」

彰子はのろのろと目を開けて、灰黒の狼《おおかみ》を見上げる。

「……たゆら…、これは、なに…？」

瞳に怯《おび》えがある。痛みを感じることもなく、体の中から熱が奪《うば》われて、少しずつ朦朧《もうろう》としていく。

——大丈夫だ、これはつくりものの身体《からだ》だから

たゆらの中にいるもゆらが、安心させるように告げてくる。

彰子は目をしばたたかせた。

「……あ…、————っ！」

この地に連れてこられたとき、まったく覚えのない衣装をまとっていた。そして、常に左腕《ひだりうで》につけていたはずの腕飾《うでかざ》りは、どこにもなかった。

――珂神の力で、魂《たましい》だけをここに連れてきたんだよ。彰子の身体は都にあって、ちゃんと生きてる

八岐大蛇をこの世につなぎとめるためには、贄《にえ》が必要だった。

道反大神の娘《むすめ》が完全であったなら、彼女一人ですべては事足りた。その身体で大蛇《おろち》を再臨させ、魂でこの世につなぐのだ。

だが、彼女の魂は宿体から離《はな》れていた。

代わりに荒魂《あらみたま》が選定したのが、遠い都の地にいた彰子の魂だった。

――お前の魂は、すごく上等だって言ってた。だから

そうしてもゆらは、しょげたように耳を折った。

――俺もたゆらも、そうするのが正しいと思ってたから。……ほんとはいまも、どうするのが一番いいのか、わかってない

彰子は目を細めた。風の唸《うな》りと雨音が響く。木々が薙《な》ぎ倒《たお》される音が轟《とどろ》く。竜巻で土砂が巻き上がり、雷撃の唸りが空を裂《さ》く。太陰の風が珂神を追っているのだ。

天狐の力を必死で鎮めようとしている昌浩に目を向ける。引き攣《つ》れた呼吸を繰り返している昌浩に、自分は大丈夫なのだと、ちゃんと伝えなければ。

「……ま…さ…」

少しずつ、声が出なくなっていく。身体を形成していた力が少しずつ失われて、指先から黒く変色し、ぼろぼろと崩《くず》れていく。

――珂神が、核《かく》の鋼《はがね》を取っちゃったから…、彰子の体、もう持たない

さきほど抉《えぐ》り出されたものが、彰子の魂を封《ふう》じたものなのだ。

がくりと膝をつき、昌浩は喘息《ぜんそく》の狭間《はざま》で言った。

「狼、たち…、彰子、は…⁉」

色を失っている昌浩に、彰子は大丈夫よと伝えようと唇《くちびる》を動かした。だが、もう喉《のど》が役目を果たしてくれない。

「……ら…」

もゆらを呼んだのか、たゆらを呼んだのか。あるいはその両方か。

必死で声を発する彰子の口元に、狼は耳を寄せる。

「……が…の……は……み………」

たゆらは瞠目《どうもく》した。不思議な言霊《ことだま》が、耳の奥に忍《しの》び込んで胸の中に広がっていく。

驚《おどろ》いた顔で彰子を見下ろすと、彼女は薄《うす》く笑《え》んでかすかに頷《うなず》いた。

たゆらの中にいる灰白の狼が、目をしばたたかせる。彼女の発した途切《とぎ》れがちの声は、言葉にならなかった。

――彰子、何を……

昌浩の手がのびて、彰子の腕を取る。ぼろぼろと崩れ落ちるそれを見つめて、それから彰子の瞳を見つめた。

逃《に》げるために断《た》ち切られた髪《かみ》の半分。それも、もはや土くれとなっている。

昌浩が何を見ているのかを察した彰子は、瞼《まぶた》を震《ふる》わせて何かを伝えたがっているようだった。

言葉にならなくても、わかる。

髪を切ったことは、後悔《こうかい》していない。でも、本物の体が都にあって、髪が無事だということが、嬉《うれ》しい。

そして、昌浩からもらったあの腕飾りを、失くしてしまったのでなくて、よかった。

彰子の瞼が落ちる。白い面差しは瞬《また》く間に土に変わり、雨に流されて崩れた。

灰黒の狼の中にいるもゆらの声は、昌浩にも届いていた。

「……彰子は、無事なの、か…？」

荒《あ》れ狂《くる》う感情が、体の最奥《さいおう》に燃える天狐の炎《ほのお》をたきつける。何度も深呼吸をしてそれを鎮《しず》めようと懸命な昌浩に、たゆらが頷いた。

「宿体は、都だ。珂神の……、荒魂の力で、ここに魂だけを呼び寄せて、時が満ちるまで封じ込めていた」

雷鳴《らいめい》が轟く。そこに、狼の唸りが重なった。

たゆらははっと視線を走らせた。いま残っているのは立ち上がる気力だけだ。戦うことも、逃げることも難しい。

「――裏切り者め。贄の秘密を敵に教えるとは…」

凍《い》てついた炎のような真赭の双眸《そうぼう》が、灰黒の狼をまっすぐに凝視《ぎょうし》していた。そこには、肉親の情らしきものは欠片《かけら》も見受けられない。

よたよたと立ち上がり、たゆらは口を開いた。

「母上…」

優《やさ》しかった母。時には厳しく叱《しか》られたこともあったが、それでも真赭は、たゆらともゆらの母親だった。

赤毛の狼は無感動な目で吐《は》き捨てる。

「どきなさい、たゆら。その子どもは我らの悲願を阻《はば》むもの。ここで殺しておかなければ」

真赭の遠吠《とおぼ》えが雨の間隙《かんげき》を縫《ぬ》って響き渡《わた》る。それに呼応して、大地の唸りが生じた。あれは荒魂を呼びよせる声だ。

たゆらは昌浩を振《ふ》り返り、切迫《せっぱく》した様子で叫《さけ》んだ。

「昌浩、珂神が持っている核の鋼に、彰子の魂が入っている。あれを荒魂に奉《ささ》げられたら、彰子は…！」

昌浩は息を呑《の》んだ。どくんと、衝撃《しょうげき》が胸を貫《つらぬ》く。

もう少し、もう少し持ってくれ。頼《たの》む。

天狐の力を暴走させるわけには行かない。いまそうなってしまったら、彰子を助けることができなくなる。

「珂神…比古…！」

木々を薙ぎ倒して、太陰が躍《おど》り出た。

「喰《く》らえ――っ！」

風の鉾《ほこ》の直撃《ちょくげき》を受け、轟音《ごうおん》を立てて大木が真っ二つに裂ける。その根方から飛び出した珂神は、手にした剣《つるぎ》をひらめかせて跳躍《ちょうやく》した。木の幹を器用に蹴《け》って駆け上がり、太陰の頭上に飛び出すと剣を振り上げる。

「……っ！」

瞠目する太陰めがけて叩《たた》き落とされた切っ先を、放たれた昌浩の禁呪《きんじゅ》が弾《はじ》き返した。

「禁！」

吹《ふ》き飛ばされた珂神は弧《こ》を描《えが》いて木々の狭間に落ちていく。真赭がそのあとを追っていくのが見えた。

太陰は視線を滑《すべ》らせた。ずぶ濡《ぬ》れになった昌浩が、刀印を組んでいる。

「昌浩！」

舞《ま》い降りた太陰は、彰子の姿が見えないことに気づいて蒼白《そうはく》になった。

「姫《ひめ》は、彰子姫はどこ?」

「太陰、あれは…」

昌浩の手早い説明に太陰は目を見開いた。

「じゃあ、姫は一応、無事なのね?」

ほうと息をつく太陰に、灰黒の狼《おおかみ》がだが、とつづける。

「珂神から核の鋼を奪《うば》い返さなければならない。一刻も早く」

八岐大蛇は再臨した。いま彼女の魂を与《あた》えてしまったら、大蛇を根の国に還《かえ》すことはできなくなる。

ごく近くで咆哮《ほうこう》が轟いた。瞬間《しゅんかん》、いびつに砕《くだ》けた六のかしらが出現した。

怒《いか》りに燃える眼が昌浩たちを射貫く。

さらに、真赭の放った魑魅《すだま》が一斉《いっせい》に襲《おそ》いかかってきた。

「くっ…、うわ…」

よろめく太陰を摑《つか》まえて、昌浩は呼吸を整えた。その様子に気づいた太陰が、ざっと青くなる。

「昌浩、丸玉は…? まさか…」

衣《ころも》の上から胸を押さえて、昌浩は黙《だま》って首を振る。

丸玉は砕けてしまった。だがもうひとつ、昌浩を守るものがここにある。

「……彰子の、魂《たましい》を……！」

匂《にお》い袋《ぶくろ》を握《にぎ》り締《し》めて、心から願う。持ってくれ。人の心、人の命。それを失ったら、自分は彼女を救えない。

彼らの様子をじっと見ていたたゆらは、くっと歯噛《はが》みすると、身を翻《ひるがえ》した。

「たゆら？」

気づいた昌浩に、ひとことだけ言い残す。

「彰子を、助ける」

弱った身体《からだ》に鞭《むち》打って、珂神と真赭が消えた方角にたゆらは駆《か》け出した。

近くに生えていた常磐木《ときわぎ》の枝を地に刺し、結跏趺坐《けっかふざ》した安倍晴明は、胸の前で印を組んだ。

比古神たちの力を招喚《しょうかん》し、あの雨雲を薙《な》ぎ払《はら》うのだ。

だが、雨で穢《けが》されたこの地に清浄《せいじょう》な場所はない。雨に当たったものはみな穢れている。神の依《よ》り代《しろ》となるものはひとつも見受けられない。

勾陣は、晴明を置いていくこともできず、彼のしようとしていることを黙って見守っている。

彼女の手に三種一連の御統《みすまる》がある。これを渡せば騰蛇の力は強化されるだろう。だが、それだけでは無限の妖力を見せる大蛇《おろち》を倒《たお》すことはできない。

雨が降っている限り、大蛇の妖気は尽《つ》きることがないのだ。

九流の念が呼び寄せたこの雨雲を、出雲に宿る比古神の神通力で退ける。

晴明は、常磐木で描いた円の中にいる。枝先で描かれた線はすぐに泥《どろ》で見えなくなってしまったが、そこにこめられた晴明の霊力《れいりょく》が不可視の線を刻んだはずだ。

勾陣と、彼らを見送りに来た百足《むかで》は、息をひそめていた。

晴明が拍手《かしわで》を叩く。二回。両手を合わせ、目を閉じ、小さく神呪《しんじゅ》を唱え始めた。

「……あはりや、あそばすともうさん…」

ごくささやかな声音《こわね》だが、叩きつける雨に負けず、勾陣の耳に届く。言霊《ことだま》が響《ひび》くのだ。

「あさくらに、諸々《もろもろ》の比古神、降りましませ…」

再び拍手が響く。雨に濡れる常磐木が、それまでとは別の揺《ゆ》れ方をした。

ざわざわと、幾《いく》つもの葉が不自然に揺れる。

目を閉じた晴明が、恐《おそ》ろしいほど心を研《と》ぎ澄《す》ませているのがわかった。

風が変わる。勾陣の肌《はだ》が粟立《あわだ》った。漂《ただよ》っていた大蛇の妖気が、刻一刻と薄《うす》れていくのを感じる。薄れ、弱まり、消えていくのだ。

「……八方神息《はっぽうしんそく》、神感息徹《しんかんそくてつ》、長全大分之一《ちょうぜんたいぶんのいち》、六可之霊結《りっかのれいけつ》……」

ざわざわと、大地の底から冷え冷えとしたものが立ち昇《のぼ》ってくる。大百足が居心地《いごこち》悪そうにして無数の足を蠢《うごめ》かせた。

勾陣のはだしの裏にもそれは伝わってくる。比古神は国津神《くにつかみ》。大地をとおって寄り集まってくるのだ。

「……水者形体之始《みずはけいたいのはじめ》、神者気之始《かみはきのはじめ》、水者精之本《みずはせいのもと》、神者生之本也《かみはせいのもとなり》。五火《ごか》四達長幸之堅《しだつちょうこうのけん》、五木下立《ごぼくかりゅう》遠年之台《えんねんのだい》、三土昇気風感之速《さんどしょうきふうかんのそく》、白方金光入幸之全《はくぼうきんこうにゅうこうのぜん》…」

晴明を中心に、不可視の円が白い光を帯びて輝《かがや》きだした。

荘厳《そうごん》な神気が唸《うな》りをあげて土中から湧《わ》き上がってくる。

「木火土金水《きひつかみ》の神霊《かむみたま》、厳《いづ》の御霊《みたま》を幸給《さきわへたま》へ……！」

老人の神呪が朗々と響き、拍手が二度、空気を裂《さ》く。

地中から、白銀の光がどんっと音を立てて突《つ》き上げてきた。晴明の体が、光に包まれて見えなくなる。

思わず手をかざし、勾陣は色を失った。

「晴明…っ！」

結跏趺坐した晴明を起点に、凄《すさ》まじい烈《はげ》しさを持った神気を放つ白銀の光が迸《ほとばし》り、天に立ち昇る。

貫かれた黒雲は、光に触《ふ》れた箇所《かしょ》から少しずつ穴を広げはじめた。

隧道《ずいどう》の入り口に降り注いでいた雨が止《や》み、明るさが戻《もど》ってくる。

だが、鳥髪峰の付近は未《いま》だに夜闇《よやみ》のような暗さに包まれていた。

勾陣は息をつき、身を翻しかけた。刹那《せつな》。

「私を置いて行くつもりか、勾陣」

突然《とつぜん》背中に投げられた声に、勾陣はぎょっとして振《ふ》り返った。

年若い姿を取った晴明が立っている。

光を放つ円の中では、老人が結跏趺坐を崩《くず》していない。

「晴明⁉」

術を使った状態で魂魄《こんぱく》を切り離《はな》すとは。

柳眉《りゅうび》を逆立てる勾陣に、晴明は言った。

「我が身を神籬《ひもろぎ》となした。これがここにある限り、比古神の力があの雲を薙ぎ払ってくれる」

だが、晴明は生身の人間だ。神籬の役目を担《にな》うには、刻限がある。

大百足を振り返り、この結界を守ってくれるよう頼むと、晴明は印を組んだ。

「風神、招喚」

姿を見せない神が、風で晴明と勾陣を取り巻いたのがわかった。

「晴明、無茶《むちゃ》を」

渋《しぶ》い顔の勾陣に、青年はにやりと笑った。

「いまは一刻を争う。説教はあとでいくらでも聞くよ」

勾陣は嘆息《たんそく》した。

風に巻かれたふたりが鳥髪峰に向かっていくのを見送った百足は、未だ夜のような彼の地に思いを馳《は》せた。

道反《ちがえし》の姫である風音は、いままさに敵と相対しているはずだ。

『……姫よ、どうか…』

どうか、ご無事で。

5

どれほど攻撃《こうげき》を仕掛《しか》け損傷を与えても、大蛇はすぐに再生してしまう。叩《たた》きつけるようなこの雨が、八岐大蛇に力を与えているからだった。

火柱が上がる。紅蓮《ぐれん》の放つ煉獄《れんごく》だ。

「喰《く》らえ！」

真紅《しんく》の炎蛇《えんじゃ》が幾つも分かれて一のかしらと二のかしらに躍《おど》りかかる。絡《から》みついてくる炎蛇を、大蛇は身をよじって振り払い、くわっとあぎとを開いて咆哮《ほうこう》した。

黒雲に走った稲妻《いなずま》が、そのまま紅蓮めがけて落ちてくる。

「くそっ！」

神気を爆発《ばくはつ》させてそれを弾《はじ》き返した紅蓮は、空を飛んでいる白虎を仰《あお》いで怒鳴《どな》った。

「白虎！　昌浩たちは見えるか⁉」

素早《すばや》く周囲を見渡《みわた》して、白虎は首を振った。闇と雨のせいで視界があまりきかないのだ。

紅蓮は苛立《いらだ》ち任せに唸った。

「あのばかども…！」

珂神比古と大蛇を追った昌浩とともに消えた太陰は、未だに戻ってこない。

「無事でいてくれよ…」

呼気とともに言葉を発する紅蓮の肩《かた》が、激しく上下する。

何度炎《ほのお》に巻かれても、大蛇のかしらはそのたびに再生して襲《おそ》いかかってくるのだ。先ほど白《びゃく》炎《えん》の龍《りゅう》に呑《の》まれた四のかしらと五のかしらはいまのところ動きを見せていないが、黒焦《くろこ》げになった表皮が少しずつ再生しているのが見て取れた。

「ったく、きりがない…！」

上空の白虎が、のびあがってきた二のかしらに風の鉾《ほこ》を叩きつけた。目の下に神気の塊《かたまり》を喰らった二のかしらは、均衡《きんこう》を崩してぐらりと傾《かたむ》く。そこに、白虎のかまいたちが炸裂《さくれつ》した。

硬《かた》い鱗《うろこ》で覆《おお》われた大蛇の胴《どう》を、かまいたちが切り裂く。地《じ》響《ひび》きを立てて木々の狭間《はざま》に倒れこんでいく蛇体《じゃたい》に、押し倒された木々が覆いかぶさった。

先ほど、太陰の風でぶちあけた黒雲の穴は、既《すで》にふさがっている。ただの風ではだめだ。どうにかしてこの雲を取り除かなければ、先に自分たちの力が尽きる。

金冠《きんかん》をはずした額を拭《ぬぐ》い、鬱陶《うっとう》しげに水滴《すいてき》を払《はら》う。そんなことをしても気休めにもならないのだが、目に入ってくる雨粒《あまつぶ》が邪魔《じゃま》で仕方がない。

白虎が降りてくる。その目が、大きく見開かれた。

「騰蛇、後ろだ！」

大木を薙《な》ぎ倒して突進《とっしん》してきた隻眼《せきがん》の三のかしらが、紅蓮の姿を認めて猛《たけ》り狂《くる》った。おぞましい咆哮が轟《とどろ》く。大きく開いたあぎとが自分を呑《の》み込もうと迫《せま》ってくる。

紅蓮は舌打ちすると、右手を掲《かか》げて炎を召喚《しょうかん》した。真紅の炎が彼の手の中で形を変える。燃え上がる炎が長大な真紅の剣《つるぎ》に変形した。柄《つか》を両手で握《にぎ》った紅蓮は、かしらめがけてそれを薙ぎ払う。

両腕《りょううで》に重い衝撃《しょうげき》がかかった。全力でそれを打ち返し、大蛇の口角を一文字に切り裂く。首の辺りまで切り裂かれた大蛇は、叫《さけ》びながら蛇体をくねらせた。傷は炎の化身《けしん》である剣に焼かれ、炭化している。

紅蓮はそのまま剣を返すと、のたうっているかしらの口腔《こうこう》に投じた。

開かれたあぎとの奥に深々と突き刺《さ》さった剣は、瞬《また》く間に形を失い、燃え上がる炎となる。激しい炎が喉《のど》から体内に侵入《しんにゅう》していく。大蛇は絶叫《ぜっきょう》しながら蛇体を震《ふる》わせた。黒煙《こくえん》を上げてうねる蛇体に、白虎の神気が叩き落とされる。首をへし折られたようないびつな形で森に沈《しず》んだ三のかしらは、さすがにすぐには復活しないだろう。

激しい呼吸を繰《く》り返している紅蓮の許《もと》に駆《か》け寄った白虎は、そのまま周囲を見渡した。大妖を自分たちに任せて、先ほどからずっと、風音と六合が真鉄と死闘《しとう》を演じているのだ。

木々の狭間に刃《やいば》のきらめきを見出《みいだ》し、白虎は息を呑んだ。

夜に近い暗闇《くらやみ》の中で、風音と真鉄は何合も切り結んでいるはずだ。にもかかわらず、双方《そうほう》ともに動きがまったく衰《おとろ》えていない。

神の娘《むすめ》である風音はともかく、真鉄は人間のはず。あの底知れない体力は、それもまた八岐大蛇の庇護《ひご》を受けているからなのだろうか。

地鳴りがした。倒《たお》れたはずの大蛇が、雨を受けて少しずつ再生している。

「……、いまやったのは、どいつだ」

息の上がっている紅蓮の問いに、白虎は記憶《きおく》を手繰《たぐ》った。

「おそらく、三のかしらだ」

六のかしらは岬神比古とともに消え、七、八のかしらもそのあとを追ったはずだ。紅蓮も白虎も昌浩たちを追いたいのだが、一から五のかしらがそれを阻《はば》む。

「……白虎」

風音と六合を目で追っている白虎を、紅蓮が呼んだ。

「どうした、騰蛇」

見れば、未《いま》だかつてないほど疲弊《ひへい》した様子の紅蓮が、注意深く辺りの様子を窺《うかが》っていた。

「すまん、そろそろ限界だ」

さしもの白虎も目を剝《む》いた。

「冗談《じょうだん》はやめてくれ。この状況《じょうきょう》でお前が抜《ぬ》けたら…」

「俺が冗談を言っているように見えるか」

言い募《つの》る白虎をさえぎり、紅蓮は額を拭う。大蛇と対峙《たいじ》しているからだけではない。この雨のせいで少しずつ、だが確実に神気が削《そ》がれている。

「俺と大蛇は相性《あいしょう》が悪いんだ。いくら倒してもああも簡単に蘇生《そせい》されたらきりがない。先にこっちが倒れて終わりだ」

神将の力は無尽蔵《むじんぞう》ではないのだ。それに。

辺りを見回して、紅蓮は険のある目をした。

「奴《やつ》の妖気《ようき》が、一層増している。……近くに、本体があるぞ」

「ああ」

それには白虎も気づいていた。

かしらだけではなく、胴と、八つの尾《お》も実体を得たと思われる。いままではかしらのみだったから鳥髪峰に留《とど》まっていたが、完全体となれば話は違《ちが》うだろう。

長きにわたり己《おの》れの一部を封《ふう》じていた道反の聖域に、八岐大蛇が恨《うら》みを抱《いだ》いていないはずがない。報復のために彼《か》の地に向かわないという保証がどこにある。

黒雲を駆け抜ける稲妻が轟音《ごうおん》を伴《ともな》った。耳をつんざくような雷鳴《らいめい》が、ほぼ頭上で鳴り響《ひび》く。まるで、八岐大蛇荒魂《あらみたま》の再臨を、この地がことほいでいるかのようだ。

「……鳴神《なるかみ》も大蛇の味方か」

忌々《いまいま》しげに唸《うな》る白虎に、紅蓮が頭《かぶり》を振《ふ》った。

「大蛇の呼んだ雷《いかずち》だ、さもあらん」

そうして紅蓮は、剣呑《けんのん》に目をすがめた。

「大蛇を操《あやつ》っているのは、珂神比古だ」

彼の語気の静かさに、白虎は慄然《りつぜん》とした。不自然なほどに静かで、その奥にあるものが垣間《かいま》見《み》える。

「……おい、騰蛇。物騒《ぶっそう》な考えはやめろ」

「最終手段の話だ」

ずず、と地面を伝わってきた震動《しんどう》が足を這《は》い上がる。

ふたりは同時に背後を振り向き、いままさに彼らを捉《とら》えた大蛇の双眸《そうぼう》を睨《にら》んだ。

「しぶとい…！」

何番目のかしらかはわからないが、雨の妖気で復活したことだけは確かだ。

白虎の風が渦《うず》を巻き、紅蓮《ぐれん》の右手に、煉獄《れんごく》の火柱が上がった。


何合打ちあったか、既に覚えていない。

息を弾《はず》ませて身構える風音に、六合は短く告げる。

「風音、無理はするな」

切りかかってくる真鉄の剣を受け、撥《は》ね返す。後退する真鉄の間合いに滑《すべ》り込み、風音は剣を下から振り上げる。

切っ先が真鉄の胸元《むなもと》を掠《かす》めた。ぱっと鮮血《せんけつ》が散る。

だが真鉄は顔色ひとつ変えず、風音の喉笛《のどぶえ》に狙《ねら》いをさだめて手首を返す。唸りを上げる剣を、からくも受けて弾《はじ》き返す。

同時に飛び退《すさ》って体勢を立て直し、ほぼ同時に地を蹴《け》って火花を散らす。

鎬《しのぎ》を削《けず》る打ち合いには、風音は不利だった。蘇生したばかりの彼女は、根本的に体力がない。いまは気力でもたせているが、それとていつまでもつづかない。六合が手を貸していても、凄《すさ》まじい剣技《けんぎ》を有する真鉄と互角《ごかく》にやりあうためには、万全《ばんぜん》でなければならないだろう。

肩《かた》で息をしながら剣を構えなおす。その切っ先をちらと見て、彼女は怪訝《けげん》な顔をした。

「……なぜ…」

清浄《せいじょう》な力を、この剣は失わない。

これは、もともと真鉄が持っていたものだ。道反《ちがえし》の聖域を襲《おそ》い、昌浩たちと対峙し、そして自分のこの胸を貫《つらぬ》いたもの。

神の力が込められた神剣。鍛《きた》える際に神気を煉《ね》りこんだものだと考えられる。

九流族の神は八岐大蛇だ。彼らが荒魂《あらみたま》と呼ぶ大蛇の力が込められているはずなのに、あのおぞましい妖気の片鱗《へんりん》すらなく、清く猛々《たけだけ》しい力強さのみが腕《うで》に伝わってくる。

出雲にはたくさんの比古神がいて、それを祀《まつ》る比古の民《たみ》がいることくらいは知っているが、彼らは他《ほか》の部族とほとんど交流を持たない。だから、彼らの神がどういう存在なのかを、風音はまったく知らないと言っていい。

しかし、国津神である比古神は、神である以上、清浄な力を持っているはずだ。大蛇のようなおぞましい妖気ではなく、荒々《あらあら》しい神気を。

この剣に込められているのは、そういった益荒《ますら》の力なのである。

「……九流族の、真鉄」

努めて呼吸を鎮《しず》めながら発した呼びかけに、隙《すき》なく構えた真鉄は無言で目を向けてきた。

風音の声は言霊《ことだま》が強い。凛《りん》とした響きは、それだけで雨の妖気を薄《うす》らげていくようだ。

「お前たちの崇《あが》める神は、本当に八岐大蛇なのか」

さすがの真鉄も虚《きょ》をつかれた風情《ふぜい》だった。軽く瞠目《どうもく》し、道反の姫《ひめ》をまじまじと見返す。

だが、それも一瞬《いっしゅん》だった。雨で滑る柄《つか》を握り直し、鋭《するど》い眼光で風音を射貫く。

「我らにとっては、荒魂だけが唯一《ゆいいつ》絶対の神だ。道反の姫よ、そんなことを聞いてどうする」

一歩、真鉄が踏《ふ》み出した。疾風《しっぷう》のように突進《とっしん》してくる真鉄の剣を、滑《すべ》り込んできた六合の銀槍《そう》が弾き返す。だが、弾かれたように見せかけて、切っ先で銀槍の刃を搦《から》め捕《と》った真鉄は、そのまま大きく撥ね上げた。

銀槍が六合の手を離《はな》れて回転する。真鉄の剣が六合の胸元に突《つ》きこまれた。

「彩煇《さいき》！」

悲鳴を上げる風音の前で、六合は紙一重《かみひとえ》の差で切っ先を回避《かいひ》すると、霊布《れいふ》を払《はら》って真鉄の視界を覆《おお》った。

真鉄の体が沈む。腰《こし》より低い位置を駆け抜けた真鉄を、捉えきれない。

飛び出してきた真鉄の剣が、風音の剣とぶつかり合う。

つばぜり合いを制したのは真鉄だった。腕力《わんりょく》で負けた彼女の手から、剣が弾き飛ばされる。

「今度こそ死ね！」

風音は刀印を組んだ。

「風刃！」

凄まじい霊力《れいりょく》が無数の刃と化した。真鉄の全身をずたずたに切り裂《さ》く。

「縛縛縛、風縛！」

風が真鉄を拘束《こうそく》し、そのまま地に縫《ぬ》いとめる。

「く…っ！」

地に手をつき、風音は叫《さけ》んだ。

「百鬼破刃《ひゃっきはじん》！」

「……っ、…！」

足元から氷の針が全身を貫き突き上げてくるような感覚が真鉄を襲う。さしもの真鉄も堪《こら》えきれずに低くうめき、顔を歪《ゆが》めた。

風音はそのままがくりと膝《ひざ》をつく。真鉄の体が沈《しず》んだ。彼はそのまま転がって、荒く息を継《つ》ぎながら体勢を立て直す。

それを目で追いながら、しかし風音はすぐには動けなかった。叩《たた》きつける雨のせいで、全身がひどく冷たい。

「風音!」

駆けてくる六合を視界の片すみに捉えて、風音は必死で立ち上がった。あまり弱ったところは見せられない。

神将は人間を攻撃《こうげき》できない。理を犯《おか》せば、彼らの心が縛《しば》られる。

人を傷つけ、殺した神将は、にもかかわらず何も咎《とが》を負わないように見える。だが、その心は少しずつ蝕《むしば》まれていく。水が長い年月をかけて岩に穴を穿《うが》つように、理を犯した記憶《きおく》が彼らの心と魂《たましい》をゆっくりと蝕むのだ。

それは、神将たちの神気を翳《かげ》らせる。神の末席であるのに、神と対極の魔に通じてしまうことになる。

彼らにはその自覚はないだろう。人間たちにも伝わらない。

これは、風音が神の血を引いているから見えるものなのだ。

理を犯した神将は、生きている限り常に路《みち》を踏み外す危《あや》うさにさらされるのである。

紅蓮も、六合も、実はその危険をはらんでいるのだ。

「……それだけは…」

雨にまぎれるほど小さな呟《つぶや》きが風にとけた。

罪を負った自分にできること。償《つぐな》うために何をするべきなのか。目覚めてからの彼女は、ずっとそれを考えつづけていた。

ぱし、という軽い音が響いた。彼女が自分の思考に沈んでいたのはほんの僅《わず》かな時間だったが、その隙を真鉄は見逃《みのが》さなかった。

はっと顔をあげた風音は、真鉄の、掲《かか》げられた両手の間に生じた白銀の火花を認めて息を呑《の》んだ。

「はあっ！」

叩き落とされた雷撃《らいげき》を、回避する術《すべ》はなかった。

瞠目する風音の前に、夜の色が滑り込む。

翻《ひるがえ》った霊布が真鉄の雷撃をなんとか弾き返した。

「彩煇！」

青くなった彼女を肩越《かたご》しに一瞥《いちべつ》し、六合は短く告げた。

「心配するな」

「でもっ」

「大丈夫《だいじょうぶ》だ」

ちらりと見えた右手が赤く染まっていた。肌《はだ》が裂けたのだろう。

真鉄はその隙に大きく跳躍《ちょうやく》し、六合と風音と距離《きょり》をとって片膝《かたひざ》をついた。

青年の肩が激しく上下する。さすがに、二対一は厳しい。

「……早く、奴《やつ》らを…！」

目障《めざわ》りな道反勢を蹴《け》散《ち》らして、真鉄は王の許《もと》へ戻《もど》らなければならない。

珂神の許に舞《ま》い降りた魑魅《すだま》。あれはおそらく真赭が放ったものだ。いったい何が起こったのか。あと少しで九流の悲願が叶《かな》えられるというのに。

八岐大蛇荒魂《あらみたま》は再臨した。あとは、楔《くさび》の贄《にえ》を奉《ささ》げるだけだ。

そうすれば、荒魂は根の国に戻ることなく、未来永劫《みらいえいごう》この世に留まって、九流の守護神として、一族に加護を与《あた》えてくれるのだ。

そう、一族に。

ふいに、真鉄は無性《むしょう》におかしくなった。

一族などとうに滅《ほろ》んだ。神を崇めるべき民《たみ》は、もはや珂神と真鉄だけだというのに。

その珂神も、荒魂の九つ目のかしらとして、覚醒《かくせい》してしまった。九流の民と呼べるものは、もはや真鉄ただひとり。

真鉄の知る珂神比古は、もう戻らないのだ。真鉄が八つのときから必死に育てて、ともに生きてきたあの少年は。

「……み…比古…」

呟く真鉄の手が拳《こぶし》を作る。

刹那《せつな》、彼の脳裏《のうり》に恐《おそ》ろしい声が轟《とどろ》いた。

――珂神比古

真鉄は息を呑んで天を振《ふ》り仰《あお》いだ。

黒雲の広がるその中には、もう赤い螢《ほたる》は見えない。

にもかかわらず、真鉄の目には、八対の眼がはっきりと見えた。

「……荒魂…！」

瞠目する真鉄に、八岐大蛇荒魂は繰《く》り返す。

――珂神比古よ…

九流族は、大蛇の子。神代に大蛇の血を与えられ、その血を連綿と受け継いできた人々。

彼の身の内に流れる九流の血が、九流の血の中にひそむ大蛇の血が、ゆっくりと蠢《うごめ》きだす。

真鉄の耳の奥に響《ひび》く、荒魂の恐ろしい言霊。

――汝《なんじ》は、珂神比古

「……っ、違《ちが》う、俺は真鉄だ！」

思わず叫んだ真鉄に、荒魂はねっとりとした語調で繰り返す。

——否《いな》。汝こそは、次代の珂神比古
真鉄は瞠目した。

「な…に…?」

荒魂の声は、珂神比古にしか聞こえないものなのだ。それが、真鉄に聞こえている。そのことがおかしい。

珂神比古は常にひとり。先代が身罷《みまか》れば次代がその名を継承《けいしょう》する。

そこまで考えて、全身の血がざっと音を立てて引くのを感じた。

「まさか、王が…!?」

真鉄の胸の中に、八対の赤い螢が舞う。

どくんと、鼓動《こどう》が響いた。

——珂神比古よ。約定を
——その身を我らに明け渡《わた》せ
荒魂の幾《いく》つもの声が、真鉄の心を覆《おお》い尽《つ》くしていく。

——難しくはなかろう。汝は、珂神比古の名を持っていた
真鉄の心臓が、大きく跳《は》ね上がる。

珂神が生まれる前に、真鉄は珂神比古と呼ばれていた。

長く子に恵《めぐ》まれなかった先代の王。彼が跡継《あとつ》ぎとして傍系《ぼうけい》の男子を指名したのは、荒魂の託《たく》宣《せん》があったからだった。
真鉄もまた、一度は荒魂に選ばれた肉の器《うつわ》なのだ。
しかし、彼よりずっと血の濃《こ》い長《おさ》の直系が誕生するとなったとき、荒魂は再び託宣を示した。
傍系の子どもは珂神比古の名を取り上げられ、代わりに真鉄の名を与えられた。
その名を決めたのは、先代の王だった。
――珂神比古。じきに、その名を汝が継ぐのだ
――約定を
――約定を
「ばかな…！」
真鉄は大きく頭《かぶり》を振ると、身を翻して駆《か》け出した。

「真鉄？」

突然《とつぜん》戦線を離脱《りだつ》した真鉄に、風音と六合は不審《ふしん》なものを感じた。

雷光《らいこう》は間をおかずに天を駆け、雷鳴がひっきりなしに轟く。妖気《ようき》は飽和《ほうわ》状態で、呼吸をする

のも困難なほどだ。

時折立ち昇《のぼ》る真紅《しんく》の火柱を顧《かえり》みて、風音は眉《まゆ》を寄せた。

「騰蛇は、どこまでやれるかしら…」

六合は瞬《まばた》きをした。

風音は紅蓮を侮《あなど》っているわけではない。相性《あいしょう》の悪い蛇神を相手に、火将騰蛇の煉獄《れんごく》がどれほどの効力を発揮するかをはかっているのだ。

以前、屍鬼《しき》にのっとられた騰蛇の煉獄をその身で味わったこともある。

天を仰いで、風音は目を細めた。

「この雨が降っている限り、大蛇は再生を繰り返すわ。どうしたら……」

唐突《とうとつ》に言い差し、彼女は北方の空を見はるかした。

天に向けて、仄白《ほのじろ》い柱が立っている。よく見れば、柱を中心に、黒雲が少しずつ消えているようだった。

風音の視線を追った六合もまた、さすがに目をしばたたかせて呟《つぶや》いた。

柱が放つ波動は、彼がよく知る男のものだ。

「……晴明、無茶《むちゃ》を…」

眉を寄せる六合を見上げて、風音は思いつめたような目をした。

「珂神と真鉄を討《う》って、大蛇を倒《たお》さなければ。急ぎましょう」

毅然《きぜん》と言い放ち身を翻す彼女の腕《うで》を、六合は咄嗟《とっさ》に摑《つか》んだ。

「彩輝？」

肩越しに振り返る風音を、黄褐色《おうかっしょく》の瞳《ひとみ》がまっすぐに見つめる。

「……お前が手を汚《よご》すことはない」

驚《おどろ》いたように息を呑んだ風音だったが、頭を振って目を伏《ふ》せた。

「いいえ。あなたたちには、理《ことわり》を犯《おか》させない。人間を相手に戦えるのは、私だけよ」

自分の腕を摑む六合のそれに、もう一方の手を添《そ》えて、彼女は言った。

「これは、私が決めたこと。騰蛇は、私を赦《ゆる》そうとしてくれた。本音は、赦せるはずがないのに。その心に報いたいの」

必死に言い募《つの》る彼女の瞳は、まっすぐすぎて危《あや》うさがある。一度さだめたその心を覆《くつがえ》すことは困難だろう。

六合はそっと息をついた。自分は神将の理に縛《しば》られている。血濡《ちぬ》れの咎《とが》を背負ったとはいえ、理の枷《かせ》からはずれたわけでは決してない。

彼女にすべてを負わせるつもりはないが、そうならざるを得ない己《おの》れが歯がゆくもある。

取り落とした武器を拾ったふたりは、真鉄のあとを追った。

6

灰黒の狼《おおかみ》は、懸命《けんめい》に走った。いつものたゆらだったらもっと体が軽く、風のように駆けることができるのだが、散々痛めつけられた体は思うように動いてくれない。

時折ふらつき、視界が暗くなる。そのたびに足を止めて頭を振り、もう一度駆け出す。

「珂神は…どこに…」

ぜはぜはと息をするたゆらの中から、もゆらの心配そうな声が聞こえる。

——たゆら、大丈夫《だいじょうぶ》か？ ごめん、俺、なんにもできないで…

しょげて耳を折っているだろう姿が見えた気がして、たゆらは苦笑《くしょう》した。

「いいんだよ、お前は…」

姿は見えなくても、声の聞こえるところにいてくれれば。

この体をお前にやるといったたゆらの言葉は、本心だ。もゆらの魂《たましい》がずっとこの世に留《とど》まっていられるように、自分が死んだらこの体に依《よ》りついていればいい。

そんなことを考えていたたゆらに、もゆらは突然怒《とつぜんおこ》ったように語気を荒《あら》げた。

——そうだ！ たゆら、もう二度とあんなばかなこと言うなよなっ！

ぴくぴくと耳を動かす灰黒の狼に、姿の見えない灰白の狼は、いきり立った。

――死ぬとか、体をくれるとか、そういうこと！　たゆらはちゃんと元気になるんだから、そんなこと考えたらだめなんだっ！

鼻息も荒く言い切ったあとで、少しだけ気落ちしたような声がする。

――……でないと、真鉄と珂神が悲しむよ

たゆらは目を細めた。

ああ、お前は。まだ信じているのか。珂神が、あの珂神が戻《もど》ってくると。

「もゆら…、珂神は……」

お前の亡骸《なきがら》を雷撃《らいげき》で粉々にしてしまったんだぞ。あの優《やさ》しい珂神だったら、決してそんなことはできなかった。

あれはもう、俺たちの珂神じゃない。お前だって、本当はそれをわかっているだろう。

彼らの目の前で、嗤《わら》いながら彰子を刺《さ》した珂神。本来のあの少年は、そんなことのできる性情ではなかったのに。

戻って来ると信じたかった。だが、あの瞳が。赤く輝《かがや》く双眸《そうぼう》が、荒魂《あらみたま》の象徴《しょうちょう》とも言うべきあの色が。

たゆらの希望を打ち砕《くだ》く。

うなだれるたゆらの耳に、弟の声が聞こえる。

――なぁたゆら。俺、荒魂、こわいよ

しょげている灰白の姿が見える。そして、あの初夏の日に、峰《みね》の頂上で微睡《まどろ》んでいたふたりの姿が。

唐突に思い出されて、やりきれない気持ちになる。

――珂神だって、きっと、こわかったと思う。だって、そんな顔を時々してたから

だから、もゆらは思うのだ。

あんまりこわいと、身体《からだ》を小さくして、息をひそめて、こわいものがいなくなるまでじっと耐《た》えるものではないだろうかと。

そうしていると、いなくなってしまったようにも見えるのではないかと。

――還《かえ》ってくるよ。だって、約束したじゃないか

一緒《いっしょ》にいるよと。ずうっと一緒に。あの幼い日に、たゆらともゆらが誓《ちか》った。

珂神と真鉄はそれを聞き、頷《うなず》いた。

――一緒にいるって、約束したから。だから珂神は還ってくるんだ

もゆらは信じている。きっと、最後の最後の瞬間《しゅんかん》まで、信じつづける。

たゆらには見えない灰白の狼は、顔を上げた。

――真鉄だって、わけがあったに決まってる。でなきゃ……

たゆらは眉をひそめた。

「真鉄？　真鉄がどうしたんだ、もゆら」

はっとしたもゆらは、慌《あわ》ててしどろもどろになった。

——あの、ええと、な、なんでもない
その慌てぶりに不審なものを感じて、たゆらは弟を問いただした。

「どうしたんだ。言ってみろ」

もゆらは口を閉《と》ざしたままふるふると首を振《ふ》る。

——………

「もゆら！　いったい…」

焦《じ》れたたゆらが語調を荒げたとき、頭上から淡々《たんたん》とした声が、雨とともに降ってきた。

「——教えてやろうか、狼」

息を呑《の》むたゆらの前に、右手に鋼の玉を持った珂神がひらりと降り立った。ずぶ濡れの全身は、ともすれば重くなるだろうに、珂神は雨を浴びれば浴びるほど精気がみなぎっていくようだった。

「我ら兄弟に無限の力を与《あた》える雨…。九流の民《たみ》の、愚《おろ》かで無様な心が、我らの力となる」

たゆらは慄然《りつぜん》とした。

神とは無情な存在だ。だが、九流の民は荒魂を心から敬っていた唯一《ゆいいつ》の一族だった。その民を、ここまで冷淡《れいたん》に評するとは。

「……珂神…、珂神比古……」

勇気をふるって、たゆらは訴《うった》えた。

「なぜ、それほどに冷たい物言いをされるのか。九流は、あなたを崇《あが》め奉《たてまつ》る唯一の比古の民だ、それを……」

少年の中にいる大蛇《おろち》の意思は、傷だらけで無残な姿となった妖狼《ようろう》を、冷めた目で一瞥《いちべつ》した。

「そんなことを聞いてどうする。お前はここで命を失うのだ、意味はなかろう。……けだもの風情《ふぜい》が、この神に口を利《き》くだけでも過ぎた振る舞《ま》いだというのに」

掲《かか》げた左手の先に、赤い火花が散った。

珂神の双眸がきらめく。

振り下ろされた指先から雷光《らいこう》が放たれる。たゆらはもんどりうつようにしてそれを避《さ》け、泥《どろ》まみれになりながら立ち上がった。無数の雷撃が間をおかず繰《く》り出される。時折身体を掠《かす》める雷撃の熱さに、たゆらは短い悲鳴を上げる。

――珂神、珂神、やめろ、やめてくれ…！

もゆらの叫《さけ》びは珂神比古には届かない。八岐大蛇荒魂にとって、妖狼の声など愚《ぐ》にもつかないものなのだ。

必死で回避《かいひ》する狼を眺《なが》めていた珂神は、蔑《さげす》むように嗤った。

「狼の踊《おど》りか、面白《おもしろ》い。そら、もっと派手に踊れ」

霊撃《れいげき》が地を這《は》い、たゆらを吹《ふ》き飛ばす。ずたずたになったたゆらは背中から泥に突《つ》っ込み、飛沫《しぶき》を上げて転がった。

音を立てて四肢《しし》を投げ出し、そのままうめく灰黒の妖狼に、珂神は静かに近づいた。

「……っ、か…」

喘《あえ》ぐたゆらを蹴《け》り飛ばし、珂神は片膝《かたひざ》を折った。

「けだもの風情が我が名を口にするな、汚《けが》らわしい」

泥で片目があけられないたゆらは、無事な左目で珂神を見上げる。

赤い双眸が狼《おおかみ》を見ている。

折った膝の上に置《つ》かれた右手。その中に握《にぎ》られているのは、彰子の魂を入れた鋼の玉。

たゆらは息を詰めた。

「……っ！」

振《しぼ》り絞るように叫んで、たゆらは珂神の右腕《みぎうで》に食《く》らいついた。

反撃《はんげき》を予想していなかった珂神は反応が遅《おく》れる。右腕に走った鋭《するど》い痛みに、指が力を失って鋼の玉が抜《ぬ》け落ちた。

ばしゃっと音を立てて転がる玉を口にくわえ、たゆらは猛然《もうぜん》と駆《か》け出す。

右腕につけられた噛《か》み傷《きず》を見て、珂神は眦《まなじり》を吊《つ》り上げた。

「この珂神比古に、無礼な…！」

珂神は天を仰《あお》ぐと怒号《どごう》した。

「兄弟！　狼もろとも玉を呑み込め！」

そうして、うっそりと嗤う。

「この世に根を張り、生きとし生けるすべてを食らい尽《つ》くす。それこそが九流の願い。我らを甦《よみがえ》らせてまで欲《ほっ》した、愚かな者たちの望みだ」

木々の狭間《はざま》から、幾《いく》つもの咆哮《ほうこう》が轟《とどろ》く。こちらだと、兄弟が告げている。

灰黒の狼を追って、珂神比古はゆっくりと歩き出した。


地にもぐって移動した蛇頭が、紅蓮の前に躍《おど》り出る。

足場を崩《くず》された紅蓮が均衡《きんこう》を失う。大蛇の咆哮とともに、雷《いかずち》が落とされた。

手をついて反転しそれを回避した紅蓮は、視線を走らせて唇《くちびる》を噛んだ。

先ほど、天狐の波動が大気を震《ふる》わせて紅蓮たちの許にまで届いた。昌浩の身に異変が起こっている。命の危険にさらされているのか。

一刻も早く合流しなければと思うのに、五つのかしらが紅蓮と白虎を足止めしている。

大蛇にとって誤算だったのは、ふたりの神将が考えていた以上にしぶといことだったろう。

雨のおかげで無限の力を得られる大蛇たちに、紅蓮と白虎は粘《ねば》り強く応戦しているのだ。

苛立《いらだ》ちを隠《かく》さずに大蛇が咆哮する。大木のような稲妻《いなずま》が紅蓮めがけて落とされる。

「――――っ！」

神気の障壁《しょうへき》でそれを退けた紅蓮は、天を振り仰いだ瞬間突如《しゅんかんとつじょ》として眩暈《めまい》に襲《おそ》われた。

くらりと視界が揺《ゆ》れる。膝の力が抜けそうになり、気力を振り絞って持ちこたえた。

「……っ！　くそ…！」

息が上がる。召喚《しょうかん》した火柱が唸《うな》りをあげて蛇頭を呑み込む。もがく大蛇の叫びが地を揺るがし、紅蓮の鼓膜《こまく》に突き刺さる。

天を駆けながら蛇頭をかいくぐっていた白虎が、それに気づいて目を剝《む》く。

「騰蛇！」

白銀に輝《かがや》く無数の雷撃《らいげき》が白虎めがけて打ち落とされる。直撃《ちょくげき》は免《まぬか》れたものの、風の守りがとけ、白虎はぐらりと傾《かたむ》きそのまま急降下した。

叩《たた》きつけられる寸前で体勢を整え、なんとか着地する。それを待ち構えていた蛇頭があぎとを開いて地を滑《すべ》ってきた。薙《な》ぎ倒《たお》した木々を撥《は》ね飛ばしながら、四のかしらが白虎を襲う。

開かれた口腔《こうこう》に風の鉾《ほこ》を突きたてる。喉《のど》を突き破られた蛇頭がのけぞり、後方から迫《せま》っていた五のかしらに激突《げきとつ》した。ふたつのかしらが轟音《ごうおん》とともに地に沈《しず》む。

片膝をついた紅蓮が息を吸い込むとともに顔を上げた。疲労《ひろう》のにじんだ目許《めもと》に険が宿る。

「この、化け物め…っ！」

白炎《びゃくえん》の龍《りゅう》が立ち昇《のぼ》る。荒《あら》い呼吸を繰り返すたびに鼓動《こどう》の音が増していく。

ぎりっと唇を噛むと、犬歯が皮膚《ひふ》を傷つけ血がにじむ。降り止《や》まぬ雨がそれを瞬《また》く間に洗い流し、一滴一滴《いってき》の中にひそむおぞましい妖気《ようき》が紅蓮の通力を削《そ》ぎ落としていく。

五つのかしらと対峙《たいじ》するには、自分と白虎だけでは荷が勝ちすぎる。

龍を放ちながら後方に飛び退《すさ》り、滑ってきた一の蛇頭を神気で撥ね飛ばして、紅蓮は唸るように吐《は》き出した。

「誰か……」

戦力となる者。ひとつの面影《おもかげ》が脳裏《のうり》を掠めた。だめだ、あれはまだ海の底に沈んでいるはず。それに、覚醒《かくせい》しても神気までは快復しない。

それに、よしんば目覚めていたとしても、風将たちが不在の聖域からここまで移動するには時間がかかる。それでも。

「……」

思わず名を呼びそうになって、紅蓮は苛立ち頭《かぶり》を振《ふ》った。

ふたつのかしらとやり合っていた白虎が視線を投じてくる。

三方から突っ込んで来る大蛇の頭部。紅蓮は息を呑んだ。足場の悪さが災《わざわ》いし、膝に力がうまく入らない。

三対の眼《め》が勝利を確信しているのがわかった。喜悦《きえつ》にきらめく赤い双眸《そうぼう》。

瞬間《しゅんかん》。

「騰蛇！」

蛇体《じゃたい》の立てる鈍《にぶ》い音と風の唸りを切り裂《さ》いて響《ひび》いた声に、紅蓮はとっさに言葉を失った。

稲妻の輝きをはじいて、剣身《けんしん》が振り上げられる。

風をまとったふたつの影《かげ》が紅蓮の背後に降り立ち、同時に凄《すさ》まじい神気が迸《ほとばし》る。

「──────オン！」

雨に濡《ぬ》れてやわらかくなった大地に、白銀に輝く五芒《ごぼう》星が刻まれた。立ち昇る霊気《れいき》が障壁となり、突進《とっしん》してきた大蛇を吹き飛ばす。

振り返った紅蓮は、半ば茫然《ぼうぜん》とふたりを見つめた。

離魂の術を使った年若い姿の晴明と、彼自身が海に沈めたはずの相手が、険のある顔で紅蓮を見上げている。

「晴明…！　勾《こう》、お前たち…」

それきり二の句が継《つ》げない紅蓮に、勾陣は剣呑《けんのん》に言った。

「いまはそれどころじゃないが、あとで覚えていろ騰蛇。三倍返しが私の主義だ」

「待て。なんでそうなる」

目を剝く紅蓮を黙殺《もくさつ》した勾陣は、蛇頭をもたげる大妖《だいよう》を睥睨《へいげい》した。かしらは五つ。うちの二つをかいくぐりながら、白虎がこちらに向かってくる。

「……全力で四つまではやれるといったのは、どこの誰だ、たわけ」

「奴《やつ》らは潰《つぶ》しても潰しても蘇生《そせい》するんだ！」

「言い訳はいい」

「ひとの話をちゃんと聞け！ ……お前、さては怒《おこ》ってるな？」

紅蓮を一瞥《いちべつ》した勾陣は、鋭《するど》く返した。

「当たり前だ。許してほしかったらさっさと大蛇を叩き潰せ」

あまりにも理不尽《りふじん》な物言いに、抗議《こうぎ》の声を上げかける。

「なん…っ」

唐突《とうとつ》に、目の前に手が突き出された。

澄《す》んだ音を立てて御統《みすまる》が揺れる。それを握った勾陣の拳《こぶし》が、微《かす》かに震えていた。

「これは、いったい……」

怪訝《けげん》な顔をする紅蓮に、答えたのは晴明だ。

「道反大神の力を宿した出雲石で作った御統だ。これを持てば、火の性《さが》であるお前でも蛇神に対抗《たいこう》できるのではないかと思ってな」

目を瞠《みは》る紅蓮に、勾陣は御統を押しつける。

「お膳立《ぜんだ》てはしたぞ」

そうして彼女は、黒曜の瞳《ひとみ》を鋭利《えいり》にきらめかせた。

「十二神将騰蛇。最強にして最凶《さいきょう》の称号《しょうごう》は、よもや飾《かざ》りじゃあるまいな」

挑《いど》むような彼女の視線に、紅蓮はついと目を細めた。身にまとう神気が烈《はげ》しさを帯びる。

「――――誰に言っている」

彼女の手から奪《うば》うようにして御統を受け取った紅蓮は、常に身につけている首周りの黒い環《わ》をはずすと、勾陣に押しつけた。

代わりに道反《ちがえし》の御統を首にかけ、晴明の築いた結界から飛び出す。

それまで涼《すず》しい顔をしていた勾陣は、どっと疲労の押し寄せた顔で深々と息をついた。

ずっと御統を持っていた右手が、感覚を失って小刻みに震えている。天津神である道反大神の神通力をそのまま具現した出雲石の放つ波動は、同じ土の性である勾陣をしても、耐《た》え難《がた》いほど苛烈《かれつ》だった。

紅蓮から押しつけられた環を睨《にら》んで、彼女は忌々《いまいま》しげに舌打ちする。

彼女が相当の気力をもって運んできた御統を、騰蛇は平然と身につけた。最強と二番手、差があることはわかっていたが、ここまであからさまに浮《う》き彫《ぼ》りにされると、かなりこたえるものがある。

預けられた装身具を腹立ちに任せて粉砕《ふんさい》したい衝動《しょうどう》に駆《か》られる勾陣に、彼らのやりとりを見ていた晴明が声をかけた。

「勾陣、わざわざ煽《あお》って焚《た》きつけるような物言いを…」

渋面《じゅうめん》の主《あるじ》に、勾陣は目をすがめて返す。

「あれは無意識に自分の力を抑制《よくせい》している。大蛇《おろち》は強敵、全力で立ち向かわなければ騰蛇が苦戦する」

だからといって、言い過ぎではないのか。一歩間違《まちが》えば逆鱗《げきりん》に触《ふ》れるような危《あや》うい応酬《おうしゅう》だったように思うのだが。

そう告げると、勾陣は心外だと言わんばかりの顔をした。

「晴明、何を言ってるんだ。あれはそこまで狭量《きょうりょう》じゃない」

「……まぁ、確かに」

同胞《どうほう》たちにさして自己主張をしない紅蓮は、実は結構寛大《かんだい》だ。自分が最強であるという自覚があるため、あまり本気になってはいけないという自制心が働くのだろう。

抜《ぬ》き身の刃《やいば》は触れるだけで相手を傷つける。傷を負わせたくないから、心を動かさずに淡々《たんたん》とやり過ごし、距離《きょり》を置く。

それが、誕生した折からずっと忌《い》み嫌《きら》われつづけた騰蛇が、長い年月の間に身につけた生き方だ。

そのことに勾陣が気づいたのは、ここ十数年の間であるのだが。

左手に持った筆架叉《ひっかさ》を一振《ひとふ》りして、勾陣は視線を滑らせる。

「さて、私も行くとしよう。晴明、結界を抜けるぞ」

大蛇のかしらをすべて騰蛇に任せるほど、勾陣は無責任ではない。御統を運んで渡《わた》して終わりのつもりなど、さらさらなかった。

身を翻《ひるがえ》す勾陣を、しかし晴明が呼び止めた。

「いや、勾陣、待て」

瞬《まば》きをして顧《かえり》みる勾陣に、晴明は周囲を見渡《みわた》しながら告げた。

「昌浩が気にかかる。ここは紅蓮と白虎に任せて、私とともに来てくれ」

よく見れば、離魂術を駆使《くし》した晴明の姿は、いつもより輪郭《りんかく》のぼやけた印象があった。

「さすがに、本体にかかる重圧が凄まじい。いまの私はおそらく、ろくな術が使えない」

ひとりでは、きっとわが身を守ることに手一杯《ていっぱい》で、昌浩がどんな局面に立っていても手を貸すことができないだろう。

紅蓮と白虎を一瞥し、勾陣は刹那《せつな》の間、思案した。

かしらと対峙《たいじ》する紅蓮の手に、灼熱《しゃくねつ》の炎《ほのお》が噴《ふ》き上がる。あのままのびあがる深紅《しんく》の炎蛇《えんじゃ》に変化すると思われた炎は、しかし彼女らの見ている前で剣《つるぎ》の形をとった。

勾陣と晴明が目を瞠った。

紅蓮の全身から立ち昇《のぼ》る闘気《とうき》が、深紅から透《す》き通った金色に変わっていく。

それはまるで、天一の髪《かみ》の色のようだった。

「……道反大神は、確かな加護を与《あた》えてくれたようだ」

感嘆《かんたん》した風情《ふぜい》の晴明を振り返り、勾陣は頷《うなず》いた。

「ならばここは騰蛇たちに任せて、行くぞ、晴明」


首に下げた御統の力が全身にみなぎり、疲労感《ひろうかん》を打ち消して新たな活力を与えてくれる。

彼の性状である炎の力が、御統を介《かい》することで大地に通じる土の性状に変換《へんかん》されていくのだ。

道反大神の力だけでなく、同胞の神気を感じ、紅蓮は御統を見つめた。

石と石との間に、金色の緒《お》が見える。

「――天一の、髪か…！」

なるほど、考えたものだ。道反大神の力の具現である出雲石を土将天一の髪でつなぎ、さらに土将勾陣に持たせることでその力を活性化させたのだ。

それはすべて晴明の策略にほかならない。

「相変わらずのたぬきめ」

呟《つぶや》く紅蓮の口元が、凄絶《せいぜつ》な笑《え》みに彩《いろど》られる。

「騰蛇！　くるぞ！」

大蛇の牙《きば》をかいくぐり、風の鉾《ほこ》を繰《く》り出している白虎が叫《さけ》ぶ。紅蓮は炎の剣を構えると、その剣身に通力のすべてを集結させた。

「だあああっ！」

気合いもろとも駆け出す紅蓮の手の中で、深紅の剣身から神通力が迸《ほとばし》った。

彼の持つ武器は、ほかの神将たちの使う得物《えもの》とは根本からして異なる。勾陣や青龍、六合、朱雀の武器は、創生能力を持つ天空の手になるものだが、紅蓮の得物は彼自身の神気を具現化させたものだ。

最強である螣蛇には、本来武器は必要ないのだ。ごくまれに、著《いちじる》しく消耗《しょうもう》したときだけ緋炎《ひえん》の槍《やり》を召喚《しょうかん》させるが、常備することはない。

通力の具現であるから、紅蓮の武器は意思に従って変形する。

そのときもっとも適した形状に。

上空でそれを見た白虎は、感嘆して呟いた。

「なるほど、神話にのっとったのか……」

遥《はる》かな昔、神代の頃《ころ》に、この地で暴れる八岐大蛇を倒《たお》すため、天津神たる素戔嗚尊《すさのおのみこと》は十握剣《とつかのつるぎ》を用い、その蛇体《じゃたい》をずたずたに切り裂《さ》いた。そして、倒された大蛇の亡骸《なきがら》は簸川に流されたのである。

神話にはない真実がある。

大蛇の八のかしらの額の鱗《うろこ》。蛇神の怨念《おんねん》が宿るその鱗は、道反の聖域にて封《ふう》じられた。

人界に置いてはおけないほどの激しい邪念《じゃねん》と怨嗟《えんさ》が、そこに宿っていたからである。

神代に己《おの》れを倒した憎《にく》き天津神と同じく、剣を引っ提《さ》げた敵に、大蛇のかしらたちは憎悪《ぞうお》に燃える眼《め》を向けた。

幾重《いくえ》もの咆哮《ほうこう》が轟《とどろ》く。

紅蓮は柄《つか》を鳴らすと、躍《おど》りかかってくる一のかしらを睥睨《へいげい》した。

「さあ、かかって来い」

激しい雨が降り注ぐ。

すべてのかしらが紅蓮に攻撃《こうげき》の矛先《ほこさき》を向ける。

白虎は息をつき、天を仰《あお》いだ。

大蛇に尽《つ》きない妖力を与えるこの雨を、どうにかして止めなければ。

遥か北方の空は、少しずつ少しずつ明るさを取り戻《もど》している。地上から立ち昇る光の柱が、周囲の雨雲を浄化《じょうか》し、その範囲《はんい》を徐々《じょじょ》に広げているのだ。

だが、あの力がここまで届くには相当の時間を要するだろう。

下方では、五つのかしらを一手に引き受けた紅蓮の闘気が、それまでにないほどの烈《はげ》しさを見せている。炎ではなく、大地の気にも似た陽炎《かげろう》のような金色の波動が、剣を振《ふ》るうたびに迸っているのだ。

「騰蛇ひとりにすべてを背負わせるのは、酷《こく》だな」

無限に蘇生《そせい》する大蛇。その力の源は、この厚い雨雲だ。

疲弊《ひへい》しきった白虎は、何度も深呼吸をする。再び天を振り仰ぎ、怒号《どごう》を上げて全霊《ぜんれい》を解放した。

7

◇　◇　◇

秋の日だった。

荒魂が棲《す》んでいたという滝壺《たきつぼ》の岸で、幼い珂神と灰白《かいはく》の狼が、音を立てて落ちてくる滝を見上げている。

その背を眺めていた真鉄とたゆらは、ふたりが同時に振り返ったので何ごとかと首を傾けた。

「どうした、珂神」

立ち上がる真鉄の許《もと》に駆《か》けて来た珂神は、崖《がけ》の上をさして言った。

「ねぇまがね、あの水はどこから来るんだろう」

「は？」

思わず聞き返した真鉄に、珂神と一緒《いっしょ》にやってきたもゆらが尻尾《しっぽ》を振る。

「こんなにたくさんの水が、この山のどこにあるのか、不思議だよ」

「うん、不思議だ。水はどこから来るんだろう」

顔を見合わせる子どもと狼《おおかみ》に、真鉄はたゆらと視線を交《か》わした。

知っているかと目で問われた真鉄は、いや知らないと目で返す。

そんなことは考えたこともなかったので、調べたことなど一度もなかった。

子どもの好奇心《こうき》には果てがない。気になりだしたら、答えが出るまで終わらないのだ。

どうどうという音を立てて落ちてくる水を見上げていた珂神は、元気いっぱいに言った。

「この水をたどっていけば、簸川の最初につけるかな」

真鉄が答えるよりも、もゆらがはしゃいだ声を上げるほうが早かった。

「すごいや珂神、そうすれば水がどこから来るのかわかるよ」

「うん、わかる」

嬉《うれ》しそうに頷いて、珂神ともゆらはくるりと踵《きびす》を返すと、崖の上に登るための路《みち》を探しはじめた。

呆気《あっけ》にとられていたたゆらが、茫然《ぼうぜん》とのばしている真鉄の腕《うで》を尻尾でつつく。

「……これは、気がすむまで帰らないと思う」

双子《ふたご》の弟であるもゆらより成長の早いたゆらが冷静に分析《ぶんせき》する。真鉄も同じ気持ちだった。

あちらこちらをうろうろしている珂神たちを目で追いながら、真鉄は疲《つか》れたようなため息をついた。

「仕方がない…」

諦観《ていかん》した真鉄に付き合って、たゆらも腰《こし》を上げる。

うろうろしていた珂神とゆらは、真鉄とたゆらが近づいてくるのに気づいた。

「まがね、崖の上にあがれない」

眉間《みけん》にしわを寄せる珂神に、苦笑《くしょう》交じりの笑《え》みを浮《う》かべた真鉄は、ついと滝の右手を指差して見せた。

「あっちに道があるんだ。……行ってみるか？」

珂神とゆらは元気に頷《うなず》き、真鉄のいう道を探して走り出す。

そんなふたりについて行こうとしたたゆらは、隣《となり》にいる少年が滝を見上げているのに気づいて振り返った。

「真鉄、どうした？」

しばらくそうしていた真鉄は、頭《かぶり》を振って歩き出す。

「いや……なんでもないんだ」

茂《しげ》みの向こうに消えた珂神たちが、はしゃいだ声で真鉄たちを呼ぶ。道が見つかったのだ。

「待て待て、ふたりとも…」

早足で茂みの向こうに入っていくたゆらは、気づかなかった。

滝を見上げていた真鉄の、ひどく切なそうだった瞳《ひとみ》に。

初めて歩く道を、珂神はものめずらしそうにして進む。もゆらも同様だ。ふたりが道をはずれないように、たゆらは気を配っている。

真鉄は一歩一歩を確かめるように足を運ぶ。この道を、彼は何度も登った。

最後に登ったのは、七年前。珂神の母である九流族の王妃《おうひ》が身罷《みまか》って、その亡骸《なきがら》を真赭とともに運び、あの崖の上から滝壺《たきつぼ》に落とした。

九流の民《たみ》は、そうやって葬《ほうむ》られる。身体《からだ》は簸川の水をとおって、根の国の荒魂《あらみたま》の許に流れ着くのだということだった。

あのとき、誰よりも心を通わせていた王妃を葬った真赭は、少しの間だけひとりにしてほしいと真鉄に告げた。

八つの真鉄はそれを聞き入れ、滝壺の水辺で真赭を待った。

しばらくして降りてきた真赭は、何もかも吹《ふ》っ切ったような顔をして、戻りましょうと言ったのだ。

懐《なつ》かしい記憶《きおく》が胸の奥に甦《よみがえ》り、切なさと寂《さび》しさを伴《ともな》って消えた。

真赭が降りてくるまでの短い時間、真鉄はひとりで泣いた。これが最後だと決めて、死んだものたちを想《おも》って声を殺して涙《なみだ》を流した。

自分と珂神のふたりだけになってから、この崖を登ることはなかった。必要がなくなったからだ。次に登るのは、遥か先のはず。それも、自分を運ぶために、珂神と、灰白と灰黒の狼たちが。

ああでも、その前に真赭がいくのか。順番どおりであるならば、彼女が一番先に荒魂の許に向かうはずなのだから。

できることなら、それはずっと先の日であってほしい。

九流の悲願を果たして、心残りなどひとつもなくなったときに、根の国の、荒魂の許に旅立ってほしい。

真鉄はいま、心からそう願う。

我知らず足をとめ、彼は水の音に聞き入った。魂《たましい》を根の国に送る音霊《おとだま》。

先を行っていた珂神が、ふと真鉄を振り返った。

「まがね」

「どうした、比古」

珂神は瞬《まばた》きをして、真鉄に尋《たず》ねる。

「ひこ？」

「ああ。お前の母上が、時折お前をそう呼んでいたんだ」

珂神は目を丸くして、口の中でひこと繰《く》り返す。

「珂神じゃなくて、比古？　じゃあ珂神は？」

「珂神も比古も、ちゃんとお前の名前だよ」

そして、もうひとつ。お前には、俺しか知らない名前があるのだけれど。それをお前に知らせることは、きっとないだろう。

あれは、先代の王と王妃が、使われることはないと知りながらつけた名前なのだから。

荒魂を崇《あが》め奉《たてまつ》る珂神比古。その称号《しょうごう》以外に、この子どもが持つ名前は必要ない。

だからこれは、自分だけのちょっとした秘密だ。

一度は義母《はは》と呼んだ、心から慕《した》っていた王妃との、ささめきごと。

珂神は真鉄をまっすぐに見上げて笑った。

「まがねはまがねだけ？　だったら、俺の勝ちだ。ふたつも名前を持ってる」

誇《ほこ》らしげに胸を張る珂神に、もゆらがのびあがって抗議《こうぎ》した。

「ずるい、俺もほしい」

「だめだよ、俺だけ。ほら、行くぞもゆら」

ぱたぱたと駆け出す珂神にもゆらが尻尾を振《ふ》りながらついていく。半分呆《あき》れ顔のたゆらがそのあとを追い、真鉄は目を細めてそれを見ている。

珂神比古。たったひとりの、この地の正統なる王よ。

お前の持つ重い役目を、俺は少しでも軽くするように力を注ごう。

「まがね、はやくはやく」

手を振る珂神と、灰白と灰黒の狼たちが、真鉄を待っている。

◇　　◇　　◇

荒魂として覚醒した珂神がどこにいるのか、真鉄には見当もつかない。

上代に八岐大蛇荒魂が棲んでいたというあの滝か。

それとも、邸に戻ったか。

再臨した荒魂は、道反《ちがえし》に与《くみ》する神将たちと死闘を繰り広げている。

怖《おそ》ろしい声が、真鉄の脳裏《のうり》に甦った。

——次代の珂神比古よ…

真鉄は頭を振った。

「違《ちが》う、珂神は…！」

王は、珂神だ。彼がずっと育ててきた少年。真鉄はその片腕《かたうで》に過ぎない。

珂神比古の手にこの出雲の覇権《はけん》を取り戻《もど》す。荒魂の力を借りて。覇権を握《にぎ》るのは、珂神比古なのだ。真鉄ではなく。

荒魂が次代を指名するのは、先代の命が尽《つ》きるとき。

そんなことはあってはならない。珂神がいなくなってしまったら、自分はいったい何のために生きていくのか、その目的が失われる。

珂神を守るために、真鉄は生きてきたのだ。

疾走《しっそう》していた真鉄は、荒魂の棲《す》み処《か》だった滝の岸にたたずむ真赭を認めた。

「真赭…！」

息を弾《はず》ませた真鉄は、周囲を見回した。

珂神は真赭の魑魅《すだま》に導かれて姿を消した。ならば、真赭とともに行動していたのではないだろうか。

「真赭、王はいずこに。あの魑魅を放ったのは、お前だろう？」

真鉄が問いただすと、赤毛の狼《おおかみ》はゆっくりと首を振った。

「さぁ…。大蛇《おろち》のかしらとともに、我らを阻《はば》む障壁《しょうへき》を弄《もてあそ》んでいたようだけれど」

淡々《たんたん》と告げる真赭の声音《こわね》があまりにも冷たい。真鉄は違和感《いわかん》を覚えて足を止めた。

「真赭……お前…」

赤毛の狼が嗤《わら》う。

「真鉄、あなたもわかっているでしょう。荒魂は次代の珂神比古として、あなたを指名した。あの王はやはりできそこない。なぜ完全な珂神比古になれなかったのか、その原因を作ったあなたが一番よくわかっているはず」

真赭の双眸《そうぼう》が冥《くら》く光る。

「あなたは名を呼んでしまった。だから、あの子どもは成り損ない。ようやく覚醒《かくせい》したけれど、未《いま》だに人間の意思がくすぶっている」

珂神比古に心はいらないのだ。人間の心など邪魔《じゃま》なだけ。

肉の器《うつわ》には荒魂の意思が宿り根を張る。それ以外のものが残っていたら、器としての役目を果たせない。

真赭の冷酷《れいこく》な物言いに、真鉄は表しようのない感情を覚えた。

なんだろう、これは。ここまで冷淡《れいたん》な狼を、真鉄は見たことがない。

この赤毛の狼は、先代王妃の親友だった。彼女に子が授《さず》かったことを誰よりも喜び、ほどなくして自分の腹に宿った命は、その子のために荒魂がくださったものだと言ってはばからなかった。

あの二頭の子どもたちは、珂神比古のために生まれた。

彼女にとって珂神比古は、我が子も同然のいとしい存在だったはずだ。それが。

赤く染まった水辺に立ち、赤毛の狼は感情のない瞳《ひとみ》で真鉄を凝視《ぎょうし》している。

「あなたのせいで成り損なったのだから、あなたが責任を負わなければならないのではありませんか、真鉄」

真鉄の背筋に、氷塊《ひょうかい》が滑《すべ》り落ちていく。真鉄に据《す》えられた目は、彼の知らない何かの眼《め》。

足が根を生やしたように動かなかった。えもいわれぬ戦慄《せんりつ》が彼の全身を搦《から》め捕《と》る。名前のつけられない感情が彼の喉《のど》をふさぎ、不自然に速まる鼓動《こどう》が耳の奥で鳴り出した。

赤毛の狼が、前脚《まえあし》を踏《ふ》み出す。

「私は待ちました。ここまで待った。ようやく八岐大蛇が再臨し、完全な復活を遂《と》げた」

一歩、狼は脚《あし》を進める。真鉄の心臓は、そのたびに見えない拳《こぶし》に叩《たた》かれた。

「けれども、真鉄。あの子どもでは、だめなのですよ。荒魂《あらみたま》がそう告げている。ただの器の分際で、未だに抗《あらが》おうとしている」

うっそりと目を細めて、真赭は忌々《いまいま》しげに吐《は》き捨てる。

「たかが人間の分際で、我々の邪魔をするとは……」

その刹那《せつな》、真赭の背後に、別の影《かげ》が見えた気がした。

息を呑《の》む真鉄を見やり、狼は不気味に嗤った。

「真鉄。お前は役に立ちそうだ。だから生かしておいた。人間の赤子になど、触《ふ》れることもおぞましい。あの狼たちも、動き回るのが本当に目障《めざわ》りで、いつもいつも踏み潰《つぶ》してしまいそうになるのを堪《こら》えていたよ」

狼の語調が変わっていく。赤毛の狼のものとは別の、低い唸《うな》り。

真鉄は喘《あえ》ぐように息を継《つ》ぎながら、掠《かす》れた声を絞《しぼ》り出す。

「……貴様は、誰だ…」

脚をとめ、狼は目を細めた。

「さあ、誰だろうねぇ。お前が知る必要はないだろう」

「真赭は…、真赭は、どうした…!?」

胡乱《うろん》に眉《まゆ》を寄せた狼は、合点《がてん》のいった様子で瞬《まばた》きをした。

「ああ、この狼か。とっくに死んださ」

真鉄は引き攣《つ》れたようにうめく。

「いっ…! いつ、入れ替《か》わった!? 真赭はどこに…!」

「いつ? お前たちの民《たみ》がすべて死んだときだ。お前、一緒《いっしょ》に最後の亡骸《なきがら》を捨てに、ここにきただろう」

青年は瞠目《どうもく》した。

十四年前――――。

ぐらりと世界が揺《ゆ》れる。否《いな》、揺れたのは真鉄の心だ。

思わず両膝《りょうひざ》をついた真鉄は、くずおれる寸前の身体《からだ》を無意識に手で支えた。

雨が降っている。激しさの衰《おとろ》えない雨。九流の悲願を果たすため、珂神比古が呼んだ呪《のろ》いの雨が。

黒雲を見上げた狼は、淡々とつづけた。

「八岐大蛇が復活すれば、この地は死の影に覆《おお》われるだろう。生きているものなどすべて滅《ほろ》んでしまえばいい。それが、我が主《あるじ》の願い。ああ、それにしても」

真鉄を睥睨《へいげい》し、狼は剣呑《けんのん》に唸った。

「たかだか十四年でも、人間とけだものとともにいるのは、耐《た》え難《がた》い苦痛だった。とくに赤子。虫唾《むしず》が走るのを堪えるのが精一杯《せいいっぱい》。殺したくて仕方がなかった」

狼の姿がぐにゃりと歪《ゆが》んだ。

「お前を生かしておいて良かったよ。大蛇を敬う愚《おろ》かな民。あの大妖が、本当に人間の願いをかなえるとでも思っていたのか」

茫然《ぼうぜん》と顔を上げる真鉄に、狼は侮蔑《ぶべつ》の笑《え》みを向けた。

「そんなことあるわけがないだろう、ばーか」

どくんと、真鉄の鼓動が跳ねる。

荒魂。八岐大蛇荒魂。それは彼ら九流の神だ。怖《おそ》ろしい蛇神、彼《か》の神を、ほかの比古の民たちは決して敬わない。

それは、その強大すぎる力を恐《おそ》れたがゆえ。

「それが、違うとでもいうのか⁉」

真緒の姿をしていたものは、長い尻尾《しっぽ》を振《ふ》って目をすがめた。

「八岐大蛇は、神でもあるよ。だが、お前と珂神がこの十四年崇《あが》めてきたのは、九流族が崇めてきたのとは別の魂」

真鉄の瞳がひび割れる。ゆらりと膝《ひざ》を立て、真鉄は震《ふる》える声で唸った。

「どう、いう……」

狼は滝《たき》を一瞥《いちべつ》した。流れ落ちる赤い水。

「先代の祭祀《さいし》王は八岐大蛇を祀《まつ》っていた。その前も、その前も」

そうだ。八岐大蛇は九流の守護神。それに誤りなどはなかったはず。

彼が珂神比古と呼ばれていたときから、いつか王位を継ぐために、様々なことを学んでいたときからずっと、その事実は変わらないはずだった。

狼は歌うように告げる。

「だが、一族が滅んでからは、祭祀の手順も、供えるものも、すべて逆。お前がやってきたことは、全部逆さまだったんだよ。お前が知らずに祀っていたのは、化け物としての大蛇だったのさぁ」

落雷《らくらい》にうたれたような衝撃《しょうげき》が、真鉄の心を貫《つらぬ》いた。

「……な……」

それ以上声が出ない。真鉄は愕然《がくぜん》と狼を見つめる。

神としてではなく、大妖としての八岐大蛇を、彼らはずっと崇めていた。

大妖を崇め奉《たてまつ》ることで、いつしか彼らの祀る神は変性し、おぞましい化け物となった。

神には幾《いく》つもの顔がある。荒魂といっても、それは一面に過ぎない。幸魂《さきみたま》、奇魂《くしみたま》、そして和《にぎ》魂《みたま》の四つを併《あわ》せ持ち、必要に応じてその姿を変えるのだ。

だが、彼らの前に再臨した八岐大蛇は、怖ろしく荒々《あらあら》しい力しか持たない、人間など塵《ちり》にも等しいいにしえの大妖。

九流が真実崇めた神とは、まったく性質を異にするものだった。

真鉄は震える両手を見つめた。

「……俺は…俺たちは……」

彼らを導いた真赭の言葉が、奔流《ほんりゅう》のように行き過ぎる。

彼女の教え、彼女の言葉。彼女の眼差《まなざ》し、彼女の仕草。

それらはすべて、真鉄たちを破滅《はめつ》に導くためのもの。

口の中がからからに渇《かわ》いている。足元が崩《くず》れ落ちるような絶望感が彼を襲《おそ》っていた。

「……では…なぜ、お前は…」

珂神の、珂神比古のもうひとつの名を知っているのだ。

真鉄の視線を受けた狼《おおかみ》は、興味のなさそうな様子で答えた。

「王妃《おうひ》がお前にそれを教えたとき、それを聞いていた。だから知っていた。それだけ」

「聞い……て…」

呟《つぶや》く真鉄に、狼は首を低くして上目遣《うわめづか》いに彼を見た。

「気づかなかっただろう。我々はいつもお前たちを見ていたよ。お前たち九流の民が、一番使いやすそうだったから」

使えるものはひとつ残らず使う。情報は多いほうがいい。

真鉄の脳裏《のうり》を、あの日の優《やさ》しい情景が駆《か》け抜《ぬ》ける。同時に、言葉にできない激情が胸の奥から湧《わ》き起こった。

「―――――っ！」

怒号《どごう》してがむしゃらに走り出し、腰《こし》に佩《は》いていた剣《つるぎ》を引き抜く。

その動きを見越《みこ》していた狼は、にたりと嗤《わら》って地を蹴《け》った。

真赭の姿をしていたものから、赤毛の毛皮がずり落ちる。

奇妙《きみょう》な生き物だった。目だけが大きく、きょろりとしている。人間に良く似た風体《ふうてい》だが、闇《やみ》を切り取ったような漆黒《しっこく》で、雨にまぎれて姿が良く見えない。

ただ、神代に存在していたという化け物のようだと真鉄は思った。

真鉄は剣を構えたまま、左手を掲《かか》げる。

「はあっ！」

解き放たれた彼の全霊《ぜんれい》が、霊圧となってそれにのしかかる。

「ぐあっ！」

うめいた化け物は、ぐしゃりと音を立てて潰れたように見えた。だが、すぐに顔を上げ、大きな目で真鉄を見返し、にぃと嗤う。

のろのろと立ち上がる化け物に、真鉄は剣を振り上げた。

「もうひとつ教えてやるよ」

剣を摑《つか》んだ真鉄の手が止まる。思わず耳を傾《かたむ》ける青年に、化け物はけたたましく笑いながら言い放つ。

「あの狼。灰白《かいはく》のばかな狼。あれを殺したの、お前だよ」

真鉄の瞳《ひとみ》が愕然と揺れる。

「魑魅でお前を作った。面白《おもしろ》いだろう、お前の姿をした魑魅が、あの狼を殺したんだよ」

「なん…っ」

絶句する真鉄に、化け物は付け加えた。

「あの狼、それをちゃんと知ってるよ。もっとも……、お前は非道な選択《せんたく》をした。憎《にく》まれる、疎《うと》まれる、嫌《きら》われる、避《さ》けられる。それくらいは、覚悟《かくご》の上だろう」

怒《いか》りのあまりに眩暈《めまい》がする。引き攣れたような呼吸を繰《く》り返し、真鉄は喘《あえ》ぐしかできない。

珂神を覚醒《かくせい》させるために、もゆらは死んだ。

どうしてここまでと、真赭を追及《ついきゅう》したかった。けれども、我が子を手にかけてもなさねばならないと彼女が決意したのだからと、真鉄はその思いを胸の奥深くに封《ふう》じ込めたのだ。

それらすべては、意味を成さないものだったのか。

「よくも…っ！」

真鉄の霊撃《れいげき》が炸裂《さくれつ》する。掲げた指先に生じた火花が、化け物を何度も貫く。身体《からだ》を突《つ》き抜けた火花が内側で爆《は》ぜて、肉と皮を撒《ま》き散らす。

弾《はじ》けた肉片《にくへん》が水面に散らばり、赤い水に触《ふ》れてしゅうしゅうと白煙《はくえん》をあげた。

だが、ひととよく似た化け物は、倒《たお》れもせずに真鉄を見ている。

「……………っ！」

夢中で雷撃《らいげき》を放つ真鉄に、それを真っ向から受ける化け物は、おぼつかない足取りで前に出た。少しずつ、真鉄に近づいてくる。

声にならない絶叫《ぜっきょう》が真鉄の口から迸《ほとばし》った。

全力で叩《たた》き落とした霊圧で化け物が地に沈《しず》む。だが、すぐに何ごともなかった様子で身を起こし、真鉄の足音を摑んだ。

真鉄の剣がその背を貫く。剣を生やしたまま、化け物は立ち上がり、いびつな腕《うで》で器用に得《え》物《もの》を引き抜いた。

真鉄の体が慄《ふる》えた。おぞましさで肌《はだ》が粟立《あわだ》ち、音を立てて血が引いていく。

得体の知れないものが、真鉄の首に手をかけた。

「もう気がすんだか？　そろそろ腹を括《くく》れ」

きょろりとした眼が肉薄《にくはく》し、いびつな口が歪む。

「なぁ、次代の珂神比古。お前に伝えた珂神比古の役目は本当だ。だから、お前といまの珂神がいなくなれば、大蛇《おろち》はあの暗い地の底に戻《もど》らずにすむ」

うっそりと細められる眼《め》が、喜悦《きえつ》の光をたたえた。

「大蛇が生けるすべてを滅《ほろ》ぼせば、我らの主《あるじ》はお喜びになる。根の国底の国に追いやられた我らにとって、お前も大蛇もこの地に攻《せ》め入るための手駒《てごま》のひとつ」

どくんと、真鉄の鼓動《こどう》が跳ねる。

根の国、底の国。

神代に倒された八岐大蛇が封じられたのは、死をつかさどる暗闇《くらやみ》の果て。

そこには、地上を追いやられた者たちが棲《す》んでいる。

大蛇の鱗《うろこ》を封じたあの聖域。そのさらに最奥《さいおう》に、そこにつながる坂があるのだ――。

「まさか、貴様は…っ!」

化け物は、ただ嗤った。

今頃《いまごろ》気づいてももう遅《おそ》い。十四年かけた計略は、もうすぐ成るのだ。

「お前の役目ももう終わりだ」

化け物の手が、真鉄の腹にずぶりと音を立てて食い込んだ。内臓を摑み、ひねり潰《つぶ》し、掻《か》き回す。

「…………っ…!」

声にならないうめきとともに、せりあがってきた血泡《ちあわ》が口からこぼれ出た。

化け物の手から、剣が無造作に放られた。

からからと音を立てて転がる剣の切っ先が、水面に触れて白煙を上げる。

真鉄は翳《かげ》っていく意識の下でそれを見た。

切っ先が触れた箇所《かしょ》から、水の色が変わっていく。赤から、澄《す》んだ水の色に。だがそれはすぐに赤い色にまぎれてしまった。

青年の体がゆっくりと傾《かし》ぎ、化け物は身をよじってそれをよけた。受け身をとることもできずにうつぶせに倒れた青年は、かろうじて指先だけを震《ふる》わせている。

なんとか腕を引き上げて、真鉄は剣の柄《つか》を掴《あ》んだ。

目だけで化け物を探す。青年の最期《さいご》の足掻《あが》きを、ひととよく似た姿の化け物は興味深そうに眺《なが》めている。

「…ら……た…ま…」

荒魂《あらみたま》。

大妖《だいよう》ではなく、真実九流を守護するいにしえの神よ。

汝《なんじ》を崇《あが》め奉《たてまつ》る民《たみ》に、力を貸してくれ。

遥《はる》か昔から一族に伝わってきた鋼の剣。これは、八岐大蛇荒魂から九流の長《おさ》に与《あた》えられたという言い伝えを持っていた。

彼らが持つ剣は、荒魂の尾《お》から出《い》でた剣を二つに分けて鍛《きた》えなおしたものなのだと。

一振《ひとふ》りは道反《ちがえし》の姫《ひめ》の身体《からだ》を貫《つらぬ》き、この滝壺《たきつぼ》に落とした。ここにあるのはその片割れ。

どうしてか風音が振《ふ》るっていたのが、荒魂の剣。九流の血の守り、鉄《まがね》の剣だ。

剣を支えに身を起こした真鉄は、そのまま化け物を睨《にら》んだ。

「死にかけの身で何ができる」

嘲笑《あざわら》っていた化け物は、青年の体から噴《ふ》きあがる凄《すさ》まじい霊力《れいりょく》の渦《うず》に、さすがに息を呑《の》んだ。

「なに…っ」

「──荒魂、力を…っ！」

凄まじい雷《いかずち》が生じた。

まっすぐに落ちてきた光の剣が、化け物の脳天を直撃《ちょくげき》し、身体を貫いて、四方に散る。

激しい火花が泥《どろ》の上を走り、水面を駆け抜けて轟音《ごうおん》を響《ひび》かせた。

黒焦《くろこ》げになって炭化した化け物の体が、ぼろぼろと崩《くず》れていく。

朦朧《もうろう》としながらそれを見ていた真鉄は、吐息《といき》のように呟《つぶや》いた。

「……すだ…ま…」

作られた身体。何ものかの力で偽《いつわ》りの命を与えられた、がらんどうの器《うつわ》。

十四年間、彼はこれを真赭だと信じていた。

「……真…赭…」

赤毛の狼《おおかみ》の、穏《おだ》やかな眼差《まなざ》しが胸の奥で淡《あわ》く弾《はじ》けた。子どもたちを見つめる真赭。自分を優《やさ》しく迎《むか》えてくれた姿。

王妃《おうひ》の亡骸《なきがら》をここに運んだときの寂《さび》しそうな瞳。真鉄に遅《おく》れて崖《がけ》から降りてきたときの、淡々《たんたん》とした面差《おもざ》し。

あのとき既《すで》に、彼らの命運は狂《くる》いだしていたのか。

「……………」

はるか遠くで、大妖の咆哮《ほうこう》が木霊《こだま》する。

真鉄は唇《くちびる》を嚙《か》み、えぐられた腹部に手を当てて、懸命《けんめい》に力を込めた。

彼らが、呼び起こしてしまったのは、神ではなく妖《あやかし》。それでも、過《あやま》ちを犯《おか》した民に、九流を加護する神は、まだ力を与えてくれるようだった。

少しだけ痛みが和《やわ》らぐ。だが、これは死に至る損傷だ。

急がなければ。

真鉄はよろめきながら立ち上がった。

「……み…比…古…」

脳裏《のうり》をよぎるのは、産まれたばかりの赤ん坊《ぼう》。

奥方の微笑《びしょう》と、真赭の眼差し。

――やっと会えたな、珂神…

そっと触れた肌のぬくもり。小さな身体。本当に本当に小さくて。

誰もいなくなってしまったとき、自分がこの子を守ると誓《ちか》った。

真鉄はこの子に会うために産まれた。

この子を守るために産まれた。

誓った。

この子を助け、この子の力になるのだと。

いまわの際《きわ》に、この子を頼《たの》むと言い残した王妃に。

いつも心にあったのは、ただひとつの誓い。

この子を決して、独りきりにさせない。

一族の悲願よりも、荒魂の存在よりも。

幼い頃《ころ》から育てて、ともに生きてきたあの少年を。

この国の人間たちを根絶やしにと、真赭は何度も繰《く》り返した。思い知らせるために。九流の恨《うら》みを晴らすためにと。

だが、真鉄は心の奥底でずっと、別の道を考えていた。

一族の悲願が達成され、覇権《はけん》を取り戻せば、彼らに従う者も出てくるだろう。そういった者たちまで殺す必要はない。新たな一族として迎え入れていけばいい。争うことがないなら、そのほうがずっと、珂神のためになる。

そうやって九流を再興し、ふたりだけでなく、たくさんの民を従える王に。

珂神比古を、先代と同じく、無数の民に慕《した》われる王に。

そのために、その日のために、珂神に王たれと強《し》いた。彼がどんなに寂しげな瞳《ひとみ》をしていても、その心は揺《ゆ》るがなかった。

彼を独りきりにさせない。すべてはささやかなその、誓いのため。

だのに。

真鉄は天を仰《あお》いだ。

降り注ぐ雨が彼を叩《たた》く。妖気《ようき》のひそむ雨。大蛇《おろち》の毒血たる雨。

「…………!」

これはすべて、願いかなわず散っていった九流の民がこの地に残した、負の念なのだ。

真鉄を容赦《ようしゃ》なく打ちつける雨粒《あまつぶ》は、九流の念が生み出しているもの。

だから大蛇は滅びない。九流の心が、憎《にく》しみを抱《いだ》いたままの想《おも》いがこの鳥髪峰を覆《おお》っている限り、雨がやむことはない。

王が呼んだこの雨雲は、眠《ねむ》っていた九流の邪念《じゃねん》が形となったもの。

だが。

「……ひ…こ…」

体を引きずるようにして、真鉄は崖を登る道を進む。

まだ間に合うはずだ。

真鉄が次代の珂神比古だというのなら、その役目を。
珂神比古としての最後の役目を、自分が果たす。

8

昌浩と太陰は、森の奥に走っていったたゆらを追っていた。

太陰の神気は尽《つ》きかけている。彼女の風に頼《たよ》ることはできず、ふたりは懸命に足を進める。

雨でぬかるんだ土が足をとる。何度もまろびそうになって、そのたびに必死で体勢を立て直す。そうやって走りながら、狼の気配を懸命に手繰《たぐ》っていた。

「たゆら…、たゆらーっ」

叫《さけ》んでも、雨音で掻《か》き消されてしまう。この鳥髪峰の森は深く、音を呑み込んでしまうようだった。

よろめく昌浩の胸のうちで、激しい脈動が生じた。どくんと、内側から突《つ》きあげてくる。痛苦を伴《ともな》うその衝撃《しょうげき》を、昌浩はがくりと膝《ひざ》をついて息を詰《つ》めてやり過ごす。

「昌浩、しっかりして！」

半泣きの太陰が昌浩にすがってくる。昌浩はのろのろと目を開けて、唇を動かした。大丈夫《だいじょうぶ》だと言いたいのに、音にならない。

苦痛の波が引いた隙《すき》に、昌浩は膝に力を込めて立ち上がる。

急がなければ、彰子が。彰子の魂《たましい》が。

その想いだけが、限界に近い昌浩を突き動かしていた。

帰るのだと、彼は言った。彰子の待っているところに。

彰子がいなければ、帰る意味がない。

どくんと、重い脈動が駆《か》けめぐる。

ずっと予感があったのに、その意味がわからなかった、彼女がここにいると知ったときのあの衝撃を、おそらく昌浩は生涯《しょうがい》忘れない。

晴明の教えをかなぐり捨てて、物の怪《もののけ》と、紅蓮とかわした誓いをなげうって。彼女を救うためだったら、自分はどんなことでもできるだろう。

命を捨てるよりも、誓いを破るよりも、彰子を失うことのほうがよほど恐《おそ》ろしい。

それは、平穏《へいおん》な日常ではいつも忘れている、昌浩の最奥《さいおう》にある激しさだ。

彼女がそこにいて、無事な姿を見ている。だから安心できる。だから出て行くことができる。

だから戦える。だから強くなれる。

それがなくなってしまったら、すべてが瓦解《がかい》する。

「彰子…！」

歩き出す昌浩を支えるようにしていた太陰は、風の中にひそむ大蛇の気配と、狼《おおかみ》のうめきを聞き取った。

「昌浩、あっちよ！」

太陰が指差す方角に、昌浩は必死で駆けだした。


転げるように走っていたたゆらは、後方から放たれた雷撃《らいげき》に後ろ足の付け根を撃《う》たれてもんどりうった。

転がる灰黒の狼に、迫《せま》ってきた珂神が二撃目を叩き込む。

たゆらの背に突き立った雷撃が音を立てて爆《は》ぜ、血飛沫《ちしぶき》と肉片を撒《ま》き散らした。

そこまでされても、たゆらは決して口を開かなかった。

歯を食いしばって痛みに耐《た》え、苦しみを堪《こら》え、鋼の玉を口にくわえている。

「狼、いい加減それを返せ」

手をのばす珂神を一瞥《いちべつ》し、たゆらは拒絶《きょぜつ》を示した。狼の目に抗《あらが》う色を感じ、珂神は気分を害して眉《まゆ》をひそめる。

「けだものめ。この珂神比古に逆らうな」

たゆらの口を蹴《け》り上げ、踏《ふ》みつける。

「そら、開けろ。玉をよこせ」

ぐいぐいと踏みしだかれても、たゆらは絶対に口を開かない。

何も言えないたゆらの代わりに、もゆらが泣きながら叫んだ。

──やめろ、やめろ！　たゆらに触《さわ》るな！

珂神は胡乱《うろん》な顔をした。耳障《みみざわ》りな雑音が、鼓膜《こまく》の奥で反響《はんきょう》している。

「…狼、こんなところで生き汚《ぎたな》くのさばっているとは…」

たゆらの口元を踏みつけていた珂神は、腰《こし》の剣《つるぎ》を引き抜《ぬ》いた。

「渡《わた》さないなら、奪《うば》い取る。……下顎《したあご》を落とせばさすがに玉を離すだろう」

たゆらの灰黒の背が大きく震《ふる》える。ひどい傷を負いもはや動くことのできない狼は、それでも口を開かなかった。

たゆらの耳に、もゆらの叫びが木霊《こだま》する。

──やめろ！　珂神、珂神！　かがみぃっ！

珂神比古は冷酷《れいこく》な眼差《まなざ》しを落とし、静かに口端《こうたん》を吊《つ》り上げた。

「さあ、どこを刻んでやろうか。この辺りか？　それともいっそ、目の下から切り落とすか」

切っ先をたゆらの頬《ほお》に突き刺《さ》しながら、珂神はのんびりと考える。じわじわと裂《さ》かれる痛みがたゆらを襲《おそ》うが、悲鳴を上げまいと必死で歯を嚙《か》み締《し》めた。

──やめろ…！　やめてくれ、珂神…！　たゆらを傷つけるな…！

もゆらの絶叫《ぜっきょう》がたゆらの胸を打つ。ああ、この声をもうすぐ聞けなくなる。

もゆら、お前にこの身体《からだ》をやると、言ったのに。

馬乗りになり、たゆらの首を膝で押さえるようにして、珂神はゆっくりと剣を引き上げた。

切っ先をたゆらの目の下に据《す》え、傲然《ごうぜん》と目を細める。

そのとき、がさっと音を立てて、茂《しげ》みの間から昌浩と太陰が飛び出してきた。

「珂神比古！」

息せき切って叫ぶ昌浩を一瞥し、珂神は妖気を爆発《ばくはつ》させる。

昌浩と太陰が吹《ふ》き飛ばされる。泥飛沫《どろしぶき》を立てて転がりながら、昌浩はそれでも叫んだ。

「やめろぉぉぉぉっ！」

胸の奥で炎《ほのお》が揺れる。双眸《そうぼう》の奥に仄白《ほのじろ》い輝《かがや》きが生じた。

昌浩の全身から、仄白い炎が噴《ふ》きあがる。

血相を変えた太陰の手を振《ふ》り払《はら》い、昌浩は印を組んだ。

「オンバザラドキャ、エイケイキソワカ！」

夢中で唱えた真言が、天狐の炎を燃え上がる白い獣《けもの》に変える。猛《たけ》り狂《くる》う白い炎が珂神たちを取り囲む。

「失《う》せろ！」

が、珂神はそれを怒号《どごう》とともに打ち払った。珂神比古の言霊《ことだま》に粉砕《ふんさい》された昌浩の術は、そのまま当人に撥《は》ね返る。

息を呑《の》んだ昌浩の前に、太陰が立ちはだかった。

衝撃をもろに喰《く》らった太陰の小柄《こがら》な体が撥ね飛ばされる。悲鳴も上げずに転がった太陰に駆け寄ろうとした昌浩は、しかし凍《い》てついたように動きを止めた。

天狐の力が、異形の血が、戒《いまし》めを失って解放される。

「――――っ…！」

見開かれた瞳《ひとみ》の奥に燃え上がる炎。それと同じ色の陽炎《かげろう》が昌浩から噴きあがり、天をつくほどに立ち昇《のぼ》る。

鼻を鳴らして昌浩を一瞥した珂神は、そのまままたゆらに視線を戻《もど》した。

「九流に従う妖狼《ようろう》、貴様が最後の一頭だ」

たゆらの目が愕然《がくぜん》と見開かれる。珂神の言葉の持つ意味、それは。

ごく近くで咆哮《ほうこう》が轟《とどろ》く。大蛇《おろち》のかしらが迫《せま》っている。

たゆらの中のもゆらは、怒《いか》りに燃える目で珂神を睨《にら》んだ。

――珂神を…珂神を返せ！　俺たちの珂神を…っ
雷《いかずち》を受けて切っ先がきらめく。それに射られて眩《まぶ》しさを感じたもゆらは、唐突《とうとつ》に彰子の言葉を思い出した。

『あなたの言っている珂神は、本当は珂神比古、て名前じゃないんだって…』

もゆらの心の奥に、声が響《ひび》く。彰子が最後に告げた声。途切《とぎ》れ途切れで、言葉になっていなかったその響き。

それが、遠い日の記憶《きおく》を揺《ゆ》り動かした。

聞こえる。あの日、彼らを呼んだ声。

聞こえる。あの日、もゆらの知るものとはまったく違《ちが》う名前を呼んだ、真鉄の声が。

――……み…ひこ…

落とされる切っ先。冷たい珂神比古の目。

もゆらは絶叫した。

――やめろ、瑩祇《あつみ》比古――っ！


刹那《せつな》。


「――っ」

珂神の手が、ぴたりと止まる。

たゆらを見下ろす赤い双眸。その奥に、別の輝きが生じた。

どくんと、珂神の胸の奥で脈動が湧《わ》き起こる。

大蛇の九つ目のかしらとしてその身体を支配していた恐《おそ》ろしい意思。それに抑《おさ》え込まれていた別の魂《たましい》。

それを揺り動かす言霊。ずっと昔、彼がまだ物心つく前に、聞いていた名前。

そして、ただの一度だけ、彼の魂につけられたその名を、あの声が呼んだ。


たゆらが茫然《ぼうぜん》と見上げている。

硬直《こうちょく》した珂神の面差《おもざ》しと、引き上げられたまま動かない切っ先を。

たゆらの中で、もゆらはもう一度繰《く》り返した。

——瑩祇比古、還ってこい、瑩祇比古……っ！

真鉄の呟《つぶや》きを聞いてしまった彰子。最後にもゆらにそれを告げた彰子の声が、もゆらの記憶を呼び起こした。

そして、封《ふう》じられていた珂神の、否《いな》、瑩祇比古の心を覚醒《かくせい》させる。

たゆらを凝視《ぎょうし》している珂神の目から、涙《なみだ》がこぼれ落ちた。そして、震える唇《くちびる》が小さくつむぐ。

「……ゆ…ら…っ！」

たゆらともゆらは目を見開いた。いま、確かに聞いた。狼《おおかみ》たちを呼ぶ、珂神の声を。

彼らのよく知る少年の、懐《なつ》かしい声を。

——珂神…っ！

思わず声をあげるもゆらは、しかし珂神の瞳が再び赤く輝くのを認めた。

少年は苦しげに顔を歪《ゆが》めた。唇を嚙み、必死に抗《あらが》っているのが伝わってくる。

全身を震わせて、掲《かか》げた剣《つるぎ》を離そうとしているのに、身の内に巣くった大蛇の意思がそれを阻《はば》むのだ。

目を閉じた少年の口から、しゃがれたうめきが発された。

「邪魔《じゃま》だ…消えろ…！」

しかし少年は首を振る。必死に抗って、剣を引こうとした。

――……み…ひこ、あつみ、比古。瑩祇比古っ！

もゆらの叫《さけ》びが珂神の鼓膜に突《つ》き刺さる。

珂神は目を見開いて、絶叫した。

「――――っ！」

胸の奥をえぐるようなその声を聞き、苦痛にのたうつ昌浩はのろのろと視線をめぐらせた。

そうして、瞠目《どうもく》する。

たゆらに馬乗りになった珂神が、手にした剣で、やおら我が身を貫《つらぬ》く。

腹部から背を突き抜《ぬ》けて、赤く染まった切っ先が覗《のぞ》いた。

珂神はそのまま崩《くず》れ落ちる。

重いものが倒《たお》れる音がして、泥飛沫《どろしぶき》が上がった。

昌浩の胸の奥で、鼓動《こどう》が跳ねた。

「……ひ……こ…」

だが、すぐさま凄《すさ》まじい衝撃《しょうげき》が全身を貫く。彼の魂を灼《や》く天狐の炎が、一段と烈《はげ》しさを増す。

もはや声も出せずにのたうち回る昌浩に、そのとき駆《か》け寄る影《かげ》があった。

「昌浩！」

のびてきた腕《うで》を仄白い陽炎が撥ね飛ばす。別の細い手がのびて、昌浩の手を掴《つか》んだ。

乱暴に上向かされて、昌浩はうっすらと瞼《まぶた》を開いた。胸の上に誰かが手を置いている。

「しっかりして！」

凛《りん》と響く声が、朦朧《もうろう》とした昌浩の意識を引き戻す。

魂を灼く炎が、唐突に鎮《しず》まっていくのを感じた。胸に置かれた手のひらから、馴染《なじ》んだものと同じ神気が広がっていって身体を包み込む。

荒《あら》い呼吸を継《つ》ぎながら、昌浩は茫然と呟いた。

「風…音……」

昌浩の胸に手を置いた風音は、青ざめた顔でほうと息をついた。

「よかった、間に合って……」

視線をめぐらせると、倒れたままの太陰を、六合が抱《だ》きあげていた。

昌浩はのろのろと身を起こした。

「どう…して、ここに……」

自分の髪《かみ》を一本引き抜きながら、風音は答えた。

「真鉄を追ってきたの。そうしたら、あなたたちが」

昌浩の右手首に抜いたばかりの己《おの》れの髪を巻きつけて、ゆるく結ぶ。それを胡乱《うろん》に見つめる昌浩に、彼女は説明した。

「さ…、六合からあなたの血のことを聞いたわ。これは、父様《とうさま》の丸玉の代わり。応急処置だけど、ないよりはましなはずだから」

昌浩は息を呑んだ。

そうだった。風音は道反大神の娘《むすめ》なのだ。大神と同様の力を持っているのなら、昌浩の内にある天狐の血を鎮めることもできる。

「あ……あの…」

首を傾《かたむ》ける風音に、昌浩は硬《かた》い声で言った。

「あの、ありが、とう」

意表をつかれた風情《ふぜい》で風音は目を見開いた。すぐに小さく首を振《ふ》り、立ち上がる。

彼女が腰《こし》に佩《は》いていた剣を引き抜き、険しい目をするのを見て、昌浩は視線を滑《すべ》らせた。

風音が睨《にら》んでいるのは、倒れたまま動かない珂神だ。

「ま、待て、待ってくれ」

まだうまく力の入らない足で懸命《けんめい》に立ち上がり、昌浩は風音の前に出る。

「昌浩？」

怪訝《けげん》に眉《まゆ》を寄せる風音の前に立ちはだかって、昌浩は首を振る。

「あれは、珂神じゃない。もう、違う」

「何を言っているの？　どきなさい」

厳しい語気に気圧《けお》されて、昌浩は足を引きそうになった。だが、自分を押しとどめて訴《うった》える。

「あれはもう、比古だ。だから…」

さらに言い募《つの》ろうとした昌浩の耳に、かすかな声が届いた。

「………ら…」

昌浩と風音は、はっと少年に目を向ける。

我が身を貫いた剣をのろのろと引き抜いて、それを放り出すと、少年は肘《ひじ》で身を起こそうとした。だが、かなわずくずおれる。

それでも、灰黒の狼に必死で手をのばして、血に濡《ぬ》れた唇を開く。

「…たゆ…ら……、待ってろ……」

狼の脚《あし》が、緩慢《かんまん》に動く。少年ののばした手に向けて、指を差し出すように。

それまでずっと閉じられていたたゆらの口が開き、くわえていた鋼の玉がこぼれ落ちた。

「……かが…み…」

震《ふる》える声がその名を呼ぶ。少年は小さく頷《うなず》いて、泣きながら微笑《ほほえ》んだ。

「……いま…なおして…やる、から…。……たゆ…ら…」

のばした指が、ようやく狼の脚に届いた。雨と泥《どろ》で汚《よご》れたたゆらの脚を摑《つか》んで、彼は目を細める。

「……もゆ…ら…！」

灰黒の狼の中にいるもゆらの姿を、少年は確かに捉《とら》えていた。

灰白の狼は、顔をくしゃくしゃにして泣き声をあげた。

――かがみ、かがみ…！

もゆらの言葉に、少年は緩慢に首を振る。そのたびに涙がこぼれた。

「……ちが…、…あ…つみ…ひこ…だ」

もゆらの耳がぴょこんとはねる。

――うん、そうだ。真鉄が言ってた名前だ。珂神じゃなくて、それが本当の名前なんだ
傷を抱《かか》えるようにしながら、比古は懸命に身を起こそうとした。

そこに、昌浩が駆け寄って手を貸す。

「比古、しっかりしろ！」

ともすれば消えそうになる意識を必死でつなぎとめていた比古は、突然《とつぜん》出てきた昌浩に驚《おどろ》いた様子だった。

「ああ…昌…浩…」

出血の止まらない比古の傷に手を当てて、昌浩は記憶《きおく》を呼び起こす。

「命は火《ほ》のけ、水のけとともに血の道をひき、まかるものもよみがえる……」

ひどい出血が、神呪《しんじゅ》で何とか止まった。なおも呪文を唱えようとする昌浩を制し、比古はたゆらの身体《からだ》に手を当てる。

「……荒魂《あらみたま》…加護を……」

昌浩のおかげで痛みはなんとか消えたが、ひどい貧血で意識が途切《とぎ》れそうになる。昌浩の神呪は血止めのためのもので、傷を癒《いや》す類《たぐい》のものではないのだ。

比古の霊力《れいりょく》がたゆらを包み込み、傷をふさぐ。

たゆらは力を込めて首をもたげ、比古の首元に顔をうずめた。

「……み……っ」

たゆらともゆらを一緒《いっしょ》に抱きしめた比古は、しばらくそうしたあとで、泣くのを堪《こら》えるように息を吸い込んだ。

「……たゆら…、頼《たの》む…」

その意を察したたゆらは、渾身《こんしん》の力で立ち上がり、しゃんと背筋をのばした。

その背に、比古は倒れこむようにしてまたがった。

「比古?」

訝《いぶか》る昌浩を緩慢に見やり、青ざめた面差《おもざ》しの比古は力のない声で告げた。

「……荒魂を…還《かえ》さないと…」

息を呑《の》む昌浩に、比古は薄《うす》く笑って見せた。

「……約束、したからな…」

「比古…！」

胸が熱くなる。比古はやはり、昌浩との約束を果たそうとしてくれていたのだ。それを破ったのは、珂神比古の意思。

比古の手がたゆらの首をそっと叩《たた》く。

「比古！」

追うようにのばした昌浩の手は、比古のそれに届かなかった。

瞬《また》く間に遠退《とおの》いていく昌浩を顧《かえり》みて、彼の唇《くちびる》が小さく動くのが見えた。その動きを読んだ昌浩は、大きく身を震わせた。

還す。命に代えても、必ず。

「比古！　待て、比古――――っ！」

昌浩の叫《さけ》びが木霊《こだま》する。雨の間隙《かんげき》を縫《ぬ》ったそれは、しかし比古を引き止めることはできなかった。

追いかけようとした昌浩の膝《ひざ》が、ふいに力を失って砕《くだ》けた。

「昌浩！」

風音と六合が同時に叫ぶ。昌浩はそのまま泥の中に手と膝をついた。

肩《かた》で呼吸をする昌浩に手を貸した風音は、六合を顧みて問うような目をした。

六合は周囲の気配を探《さぐ》った。

先ほどからずっと、大蛇《おろち》の気配が近くにある。その動きを阻《はば》んでいるのは、凄《すさ》まじい神気だ。

これほどの苛烈《かれつ》な神気を彼は感じたことがない。

否《いな》、同等のものを知ってはいるが、性質が違《ちが》うのだ。六合が知っているのは、これとは違う炎《ほのお》の闘気《とうき》。

「いったい……」

呟《つぶや》く六合を見上げた昌浩は、はっとして身を翻《ひるがえ》した。

風音の手から離れて、転がっていた鋼の玉を拾い上げる。

それをそっと手のひらで包み込んだ昌浩は、探るように意識を集中させた。

鼓動《こどう》によく似た脈動が、手のひらに伝わってくる。規則正しいその波動は、彰子の魂《たましい》が放つものだった。

「……彰子…」

ほうと息を吐《は》いたとき、六合の腕《うで》に抱《だ》かれていた太陰が、瞼《まぶた》を小さく震わせる。

「…う……」

ゆるゆると瞼をあげた太陰は、気遣《きづか》わしげな黄褐色《おうかっしょく》の瞳《ひとみ》を見て、混乱したように眉を寄せた。

どうして六合がここにいるのか。

「……昌浩と…彰子姫は…」

彰子の名を聞き、六合は胡乱《うろん》な顔をする。確認《かくにん》を求めるようにして昌浩を見やると、彼は複雑な面持ちで言葉を探しているようだった。

「昌浩、どういうことだ」

六合の問いに風音が瞬《まばた》きをする。

手の中にある玉を見下ろして、昌浩は口を開いた。

「俺にもよくわかってないんだけど…、彰子の魂が、この中にある」

さしもの六合も、意表をつかれた顔をした。軽く瞠《みは》られた瞳に、鋼の玉が映っている。

彰子とは誰のことなのだろうかと、風音は沈黙《ちんもく》の下で考える。昌浩たちに縁《ゆかり》のある者のようだが、果たして。

彼女の表情からそれを読んだ六合は、あとで説明すると告げ、昌浩を促《うなが》した。

「とにかく、騰蛇たちと合流しよう。太陰、動けるか」

「動けるわ」

即答《そくとう》して六合の腕から降りた太陰は、そのままへなへなとくずおれた。

「……だ、大丈夫《だいじょうぶ》。ちょっと力が入らなかっただけで…」

六合の霊布《れいふ》を摑んで立ち上がろうとする彼女を、たくましい腕が抱き上げる。

「……ごめん…」

しょげたようにうつむく太陰に、六合は気にするなと返した。

大妖《だいよう》の咆哮《ほうこう》が木霊する。迸《ほとばし》る壮絶《そうぜつ》な神気のうねりがここまで届いてくる。

「これ、誰…？」

思わず呟く昌浩の耳に、雨音に混じって足音が聞こえた。

はっと息を吞《の》んだ一同の中で、太陰と六合がいち早く相手の正体を悟《さと》る。

「勾陣」

「と…、晴明？」

木々の間からふたりが姿を見せる。

「昌浩、無事か」

息せき切って駆《か》け寄ってきた晴明に、昌浩は一瞬《いっしゅん》返答に窮《きゅう》した。

青年の姿をした祖父の顔を見た途端《とたん》、罪悪感が首をもたげてくる。

「……じい、様…、俺……」

いまさら思い出したように全身が震《ふる》えだした。

突然呼吸を乱した昌浩の様子に、晴明はただならぬものを感じた。

「どうした、何があった。天狐の力は…」

手首に巻かれた黒い髪《かみ》を示して見せ、昌浩は風音に視線を投じた。

「それは…、これ…」

驚いて振り返る晴明に、風音は黙《だま》ったまま頷《うなず》く。そうして、思慮《しりょ》深い目をした。

「丸玉の代《か》わりに、て…。さっき、もらった」

「でも、あくまでも代わりです。血の暴走を危《あや》ぶむなら、新しい玉を早く用意してもらったほうがいいでしょう」

「そうか…。ありがとう」

「いえ」

頭《かぶり》を振り、風音は視線を滑《すべ》らせた。

ここは鳥髪峰の西側だ。大蛇が猛《たけ》り狂《くる》っているのは、峰《みね》の頂上から北側の斜面《しゃめん》。

真鉄を完全に見失ってしまった。珂神比古も狼《おおかみ》とともに姿をくらませた。彼らを仕留めるために風音は出陣《しゅつじん》してきたのだが、このあとどう動くべきか、考えがさだまらない。

六合を見上げると、黄褐色の瞳は彼女が判断をくだすのを待ってくれているようだった。

「………では、珂神比古を…」

「待ってくれ！」

言いかけた風音を昌浩がさえぎった。青い顔で彼女に詰《つ》め寄り、自分より高い位置にある風音の瞳を見つめる。

「比古は、大蛇を還《かえ》すと言った。いまだって、そのために…」

風音は晴明に視線を向ける。感情に突《つ》き動かされる昌浩ではなく、冷静さを失わない晴明の判断を仰《あお》いだほうがいい。

彼女の表情からそれを読んだ晴明は、沈黙して思案した。

晴明の答えを待っていた一同は、轟《とどろ》くような咆哮が少しずつ接近してくるのに気がついた。

地響《じひび》きが生じる。地を揺《ゆ》るがして、巨大《きょだい》な何かが蠢《うごめ》きだしている。

鳥髪峰の頂。激しい雨の向こうに、黒雲が渦《うず》を巻いているのが見えた。

その下に、八つのかしらと八つの尾《お》を持った大妖の、巨大な胴体《どうたい》が現れる。

「八岐大蛇…！」

ずず、と腹の底に響《ひび》く重い音が聞こえる。蛇腹《じゃばら》がうねり、木々を薙《な》ぎ倒《たお》しながら動き出す。

峰の反対方向から、激しくうねる幾《いく》つもの尾が見えた。

鳥髪峰全体が震動《しんどう》した。完全に再臨し、全身をあらわにした大妖が、峰を崩《くず》しながら降りていく。

昌浩は青くなった。

あちらは、比古とたゆらが消えていった方角だ。

ぐっと拳《こぶし》を握《にぎ》った昌浩は、鋼の玉を晴明に差し出した。

「じい様、これをお願いします」

「これは…?」

訝《いぶか》る晴明に、これの中に彰子の魂があるのだと伝える。さしもの晴明も一瞬言葉を失った。

「それは、どういう」

「詳《くわ》しいことは、太陰に。俺は、比古を追います」

ふいに昌浩は、何かを堪《こら》えるような悲痛な目をした。

「……じい様」

胸の奥に凍《い》てついて凝《こ》り固《かた》まったものがある。少しずつ大きくなっていくそれは、昌浩の胸の内を切り裂《さ》いて、痛みを与《あた》えるのだ。

末孫のただならぬ様子に、晴明は眉《まゆ》をひそめた。これほどに思いつめた顔を見ることなど、滅多《めった》にない。

昌浩は、何度か口を開きかけて、そのたびに言い澱《よど》み、晴明の衣《ころも》の袂《たもと》を震える両手でぎゅっと摑《つか》んだ。

「……俺…、じい様、俺……!」

うまく言葉にならない。どうしても、口にすることができない。

約束を、したのに。

言葉よりもなお雄弁《ゆうべん》な昌浩の瞳を見つめて、晴明は静かに瞼を落とした。

声に出さなくても、昌浩の放つ霊気《れいき》が、何があったのかを晴明に伝えてくる。

禁を破ったもの特有の、刃《やいば》のような鋭《するど》さと、危うさ。

「……言いつけに、そむいたか」

静かな問いに、昌浩はびくりと肩《かた》を震わせる。雨にまぎれてしまうほど静かな声なのに、昌浩にはどんな叱責《しっせき》よりもこたえる声音《こわね》だった。

袂を掴んだままうなだれる昌浩の頭に手をのばした晴明は、その額を無造作に弾《はじ》いた。

「…っ」

鋭い痛みに小さく唸《うな》り、昌浩は困惑《こんわく》した様子で祖父を見上げる。

晴明はさざなみひとつない水面《みなも》のような瞳で、厳《おごそ》かに言った。

「詳しいことはあとで聞く。いまは、ひとつだけ答えろ」

何を言われるのかと、昌浩は息を詰めた。どくどくと、心臓が全力疾走《しっそう》している。

全身を緊張《きんちょう》させている昌浩に、晴明は鋭い声で問うた。

「後悔《こうかい》はあるか」

雨音と大蛇《おろち》の咆哮が響く。遠くで繰《く》り広げられている激しい死闘《しとう》を感じる。

三人の神将と、道反《ちがえし》の姫《ひめ》が見守る中で、青年はもう一度、同じ言葉を繰り返す。

「己《おの》れのしたことに、その意志に、後悔はあるか」

どくんと、昌浩の心臓が跳《は》ねた。

自分を苛《さいな》む痛みがある。重く澱んだ氷に似たものが、心の奥に膨《ふく》れ上がっていく。

昌浩の脳裏《のうり》を、あのときの光景がよぎった。

剣《つるぎ》を振り上げた珂神比古。木にもたれるようにして、その切っ先を見上げる彰子の横顔。

それを認めた瞬間《しゅんかん》、何もかもが吹《ふ》っ飛んでいた。

袂を握る指から、少しずつ力が抜《ぬ》ける。手の中にある鋼の玉から伝わる、呼吸にも似た命の波動。

「………いいえ」

かすれた声で呟《つぶや》いて、昌浩は頭を振った。

「いいえ…。後悔は、していません」

どうしてか目頭《めがしら》が熱くなる。そのひとことを発するのに、恐《おそ》ろしいほどの気力が必要だった。

濡《ぬ》れそぼった昌浩の頰《ほお》を、雨とは別のしずくが伝い落ちる。晴明は、それに気づかぬふりをした。

「ならば、いい。忘れるな」

晴明の言葉はとても端的《たんてき》で、だからこそその重さが心にのしかかってくる。

昌浩は唇《くちびる》を噛《か》んだ。

「……、はい…！」

うなだれて目を閉じる孫の肩に手を置き、晴明は痛みをはらんだ顔をした。

陰陽師《おんみょうじ》はときに呪詛《じゅそ》を返す。呪詛をかけられるから、返す方法を知っているのだ。

返した呪詛は、撥《は》ね返った術者に、かけられたのと同じ効力を与えるだろう。

その一方で、呪詛をかけることもある。その先にあるものは、対象の抹殺《まっさつ》が常だ。

術で人を傷つけることも、人を殺すことも、晴明は為《な》してきた。それは、陰陽師としての実力を買われれば買われるほど増える闇《やみ》の部分だ。

自分がしてきたことを、彼は決して後悔していない。後悔の念が首をもたげれば迷いが生じ、放った術が自らに返ってくる。しかし、陰陽師は術を撥ね除《の》ける術も持ち合わせている。彼らの身に危険は降りかからない。

では、その術はどこへ行くのか。

それは、退ける術を持たない陰陽師の身内に襲《おそ》いかかるのだ。

彼らが迷えば、何の罪もない家族に累《るい》が及《およ》ぶ。人間に術を向けるには、すべてを背負う覚悟《かくご》がなければならない。

腹を括《くく》り性根《しょうね》を据《す》えて、清濁併《せいだくあわ》せ呑《の》み自分の為《な》したことに決して後悔をしてはいけない。

その覚悟を持つ者だけが、人間に術を向けることを許されるだろう。

昌浩の決意を、信念を、晴明とて知っている。

誰も傷つけない、誰も犠牲《ぎせい》にしない、最高の陰陽師になる、と。

それはとても高尚《こうしょう》な理想で、そうなってほしいと願っていた。

だが、昌浩がいつかそれを違《たが》えなければならない日が来ることも、晴明にはわかっていた。

そのいつかがこんなに早く来るとは、さすがに思っていなかったけれど。

にもかかわらず、晴明は願っている。昌浩が、これからもその信念を失わずにいてほしいと。

何度違えても、もう傷つけない、犠牲にしないと、確固たる意志を持ちつづけてほしいと。

それを失えば、昌浩の誇《ほこ》りは地に落ちる。

光しか知らない人間は、闇に気づくことがない。だが、陰陽師は闇の部分を担《にな》うもの。

文字通り、陰陽《いんよう》を知ってこそ、その力を正しく扱《あつか》うことができるのだ。

うなだれた昌浩の手から鋼の玉を受け取り、晴明は息をついた。

「……昌浩」

そろそろと顔をあげる昌浩は、怯《おび》えた子犬のようだった。晴明は淡《あわ》く苦笑《くしよう》する。

額をもう一度弾き、軽くのけぞった昌浩に言い渡《わた》す。

「じい様は、太陰とともに道反の聖域に戻《もど》る」

目を見開く昌浩に、晴明は深い色の眼差《まなざ》しを向けた。

「比古を追うのだろう。お前がさっきそう言ったのではなかったか」

勾陣と六合を振《ふ》り返る。主《あるじ》の視線を受けたふたりは、黙然《もくぜん》と頷《うなず》いた。

六合の手から降りた太陰が、抗議《こうぎ》の声をあげようと口を開きかけた。だが、勾陣に目で制され、何も言えなくなる。

幼い子どもの形《なり》をした神将に、晴明は穏《おだ》やかに言った。

「本体を道反に残してある。少し、厄介《やっかい》な残し方をしてきたのでな、急いで戻らなければならないのだよ」

太陰の通力を回復させる神呪を唱え、晴明は一同を見回した。

「あとは頼《たの》む」

頷く顔ぶれを順繰《じゅんぐ》りに見やり、最後に昌浩で目を止める。

硬《かた》い面持《おもも》ちだが、先ほどまで見えていた思いつめたような色はもうない。それでいい。いつまでも引きずっていては、術が鈍《にぶ》る。

忘れてはいけない。だが、引きずってもいけない。心を常に一点にさだめ、必要以上に揺《ゆ》るがせてはならない。正にも負にも傾《かたむ》き過ぎないように、常に心の均衡《きんこう》を保てることが、陰陽師に必要な性情だ。

唇を引き結んだ昌浩に、晴明は努めて穏やかに言った。

「なぁ昌浩や。この件が片づいたら、私は一足先に都に戻るよ」

「え…」

「太陰とともにな。そうしないと、少々まずい。だから、お前が聖域に戻ったときには私はいないだろう」

黙《だま》って聞いていた太陰が複雑な顔をする。都に残してきた同胞《どうほう》たちの、怒《いか》りの形相が見えた気がした。

渋面《じゅうめん》を作る太陰の頭を撫《な》でて、青年は目を細めた。

「彰子様のことは任せろ。いいな？」

黙《もく》したままこくりと頷く昌浩に、晴明は満足そうに目を伏《ふ》せる。

「勾陣、六合」

闘将《とうしょう》ふたりの視線が主に注がれる。

「頼むぞ。……風音殿も、ご武運を」

晴明と太陰を、神気の風が取り巻く。激しい雨の中を、ふたりの姿が見る間に遠退《とおの》いていった。

昌浩は深呼吸をして右腕《みぎうで》を見下ろした。風音の髪《かみ》が力を制してくれる。これでなんとか持たせてみせる。

「昌浩、どうするんだ」

勾陣の静かな問いに、昌浩は身を翻《ひるがえ》した。

「比古を、追う。大蛇を根の国に還《かえ》して、この雨を止めるんだ」

9

◇　◇　◇

よいしょと岩によじ登った珂神の足場が突然崩れた。

「わ…っ」

そのまま落ちかけた細い腕を、のびてきた手が摑み取る。

「珂神、大丈夫か」

彼の手を摑んだ真鉄が、さすがに血相を変えている。珂神は真鉄を見て頷いた。

「うん、平気」

そのまま引き上げてもらい、ようやく岩の上に降り立つと、珂神は辺りをきょろきょろと見《み》渡《わた》した。

「……あ、あった！」

目を輝《かがや》かせる子どもの指差す先に、小さな泉が湧《わ》いている。灰白の狼《おおかみ》とともに駆《か》け出した珂神は、泉の前で段差に足をとられてすてんと転んだ。

「あ」

見ていたたゆらが小さく呟《つぶや》き、真鉄は言葉もなく額を押さえる。

顔から地面に滑《すべ》り込んだまま動かない珂神の周りで、もゆらが右往左往している。

「珂神、起きろ珂神」

しばらく動かなかった珂神は、顔をくしゃくしゃにして起き上がる。

したたかぶつけた鼻を押さえて唸《うな》る珂神を、真鉄とたゆらが覗《のぞ》き込んだ。

「あーあー、また派手にすりむいて」

呆《あき》れ顔のたゆらの横で、真鉄が息をついた。

「真赭に大目玉を食らうなぁ」

——珂神に怪我《けが》をさせるとは、何ごとですか！

眦《まなじり》を吊《つ》り上げる赤毛の狼が見えるようだ。

真鉄とたゆらがちらと視線を交《か》わしている前で、立ち直った珂神は泉に駆け寄り膝《ひざ》をついた。

「ここが、簸川のさいしょ？」

珂神の隣《となり》に腰《こし》を下ろしたもゆらが、ううんと唸って首を傾《かし》げた。

「さいしょ、かなぁ？　でも、この奥には川がないみたいだから、きっとさいしょだよ」

「けど、別の流れも途中《とちゅう》であったし…」

どうやら、川の最初はひとつではないらしい。

眉間《みけん》にしわを刻んでむむむと唸る珂神の肩《かた》を叩《たた》いて、真鉄はその横に膝を折った。

「まぁ、最初のひとつなのには変わりがないから、いいだろう」

「うーん、いいかなぁ。……真鉄が言うなら、いいのかなぁ」

空を仰《あお》いで難しい顔をする珂神を眺《なが》めて、真鉄はおかしそうに笑う。

木々の間から見える太陽の位置を確認《かくにん》していたたゆらが、尻尾《しっぽ》を振って振り返った。

「そろそろ戻ったほうがよさそうだ。邸《やしき》につくのが日暮れすぎになる」

珂神は泉に手をひたした。清々《すがすが》しい冷たさが肌《はだ》の汚《よご》れを洗い流し、とても気持ちがよかった。

袖《そで》を水にひたした真鉄が、珂神の顔の汚れを拭《ぬぐ》ってやる。さっぱりした珂神はにこにこと笑った。

「さて、帰ろう」

立ち上がった真鉄が手をのばす。幼い珂神はその手を掴《つか》んで、たゆらともゆらとともに、いま来た斜面《しゃめん》を下っていった。

◇　　◇　　◇

力の入らない手で木の枝を摑み、自分の身体《からだ》を持ち上げる。

激痛が駆け抜けて、息が詰まり気が遠くなりかけた。

それでも、真鉄は必死に進んだ。重い体を半ば引きずり、時々木の幹にもたれながら、倒れるように足を進めていく。

何度も血を吐《は》き、焼けつく胸を押さえて、彼はようやくその泉にたどり着いた。

ずっと昔、幼い珂神と、たゆらともゆらと見つけた、簸川の源流のひとつだ。

無傷であれば、ここまでくるのに大した苦労もない。だが、重傷を負ったこの体には、凄《すさ》まじい負担がかかった。

動いたことで開いた傷口から出血がとまらず、血痕《けっこん》が彼の足跡《そくせき》を示すように滴《したた》っている。

よろめきながら泉のほとりまで近づき、膝をついた真鉄は、血に汚れた腕《うで》を泉に差し入れた。

深さはさほどない。肩まで水につければ、最深部に指が届く。

滾々《こんこん》と水の湧き出す底に落としておいたものを拾い上げ、真鉄はそれを握《にぎ》り締《し》めた。

道反の聖域から奪《うば》った、八岐大蛇の額の鱗《うろこ》だ。

ここから湧き出す水が、川の穢《けが》れの発端《ほったん》なのだ。鱗に汚された水は、少しずつ色を変えていく。だが、鱗を除けば、また清浄《せいじょう》な水が湧き出し、簸川に注いでいくのだ。

真鉄は鞘《さや》から剣《つるぎ》を引き抜《ぬ》くと、刃《やいば》を左手首に当てた。ぐっと力を込めて刃を食い込ませる。

鋭《するど》い痛みが走り、傷から赤い血が滴った。その手を泉にひたして、彼はようやく息をついた。泉に左手をひたしたまま、ずるずるとくずおれる。泉の横にはもたれるのにちょうどいい大きさの岩があり、背をそこに預けて大きく喘《あえ》いだ。

少しずつ、意識が遠退《とおの》いていく。

目を閉じる真鉄の耳の奥に、真赭の声が甦《よみがえ》った。

——珂神比古とは……

ぼんやりと目を開ける。降りつづく雨のせいで、視界がきかない。

暗い空を見上げていた真鉄は、気配が近づいてくるのを感じて息を詰《つ》めた。

軽い足音が、ここまで登ってくる。

目を見開く真鉄の前に、灰黒の狼と、その背にしがみついた少年が降り立った。

青ざめた比古は、岩にもたれた真鉄の、腹部に広がるどす黒い染《し》みを認めて色を失った。

「真鉄…！」

かすれた声音《こわね》が真鉄の鼓膜《こまく》に突《つ》き刺《さ》さる。

瞠目《どうもく》した真鉄は、目の前にいるのが珂神比古ではなく、瑩祇比古であることを悟《さと》った。

比古はたゆらの背から降りようとしない。降りないのではなく、降りることができないのだ。

狼の背にしがみつくのが精一杯《せいいっぱい》で、ともすれば振《ふ》り落とされそうになるのを必死で堪《こら》えながらここまで連れてきてもらった。

たゆらとて体力の限界に近い。けれども、真鉄に会いたいという比古の願いを受け、重い身体《からだ》をなんとかここまで運んできた。

身を乗り出すようにした比古が、真鉄に言い募《つの》った。

「真鉄……！　荒魂《あらみたま》を、荒魂を根の国に還《かえ》す方法を、知っているなら教えてくれ……！」

地鳴りが聞こえる。少しずつ大きくなっていく震動《しんどう》がある。大地が震《ふる》え、斜面を小石がぱらぱらと落ちてくる。

峰《みね》の頂上には大蛇《おろち》の胴《どう》が顕現《けんげん》し、己《おの》れを根の国に還そうとしている真鉄の魂胆《こんたん》を見抜《みぬ》いて、怒《いか》りをあらわにしているのだ。

懸命《けんめい》な比古に、真鉄は厳《おごそ》かに返した。

「……それを聞いて、どうするつもりだ」

「還すんだ！」

間髪《かんはつ》いれずに叫《さけ》び、比古は大きく息を継《つ》ぐ。

「荒魂を、還す……！　俺たちは間違《まちが》っていた、荒魂は甦らせるべきじゃなかった」

片手でたゆらの首を抱《だ》いて、その毛皮に顔をうずめる。

「甦らせなければ…たゆらも、もゆらも、傷つかずにすんだんだ…」

たゆらを見つめた真鉄は、その中に灰白の狼がいるのを見た。

もゆらの双眸《そうぼう》が、真鉄をじっと見つめている。

真鉄は目を細めた。もゆら、お前は知っているのか。

「……話は、それだけか」

冷淡《れいたん》な響《ひび》きに胸をつかれて、比古は弾《はじ》かれたように顔をあげる。

岩に背をもたれさせた青年は、冷めた目を少年と狼に向けていた。

比古は狼狽《ろうばい》した様子でさかんに瞬《まばた》きをする。

「……真鉄……？」

茫然《ぼうぜん》とする比古に、真鉄は蔑《さげす》むような笑《え》みを浮《う》かべて見せた。

「珂神比古…いや、お前には、もはや王たる資格がない。荒魂の意志を打ち消し、我らの血の誇《ほこ》りを失った」

傲然《ごうぜん》と言い放つ真鉄に、比古は声もなく頭《かぶり》を振るしかできない。

「そん…っ、そんなつもりじゃ、ない。ただ、俺たちは間違っていたんだ。だから…」

「手に負えなくなったから投げ出して逃《に》げ出すのか。先代の王も、とんだ見込み違《ちが》いだったようだな。臆病風《おくびょうかぜ》に吹《ふ》かれたか」

あくまでも冷酷《れいこく》な態度を貫《つらぬ》く真鉄に、比古は泣きそうな目をして言い募る。

「違う！　そうじゃない、真鉄…っ！」

怖《こわ》いのではない、ただ、間違っていることを知っただけだ。なのにどうしてわかってくれないのか。

った。

産まれたときからずっと一緒《いっしょ》だった。比古のことなら、誰よりもわかってくれているはずだ。

いまだって、比古の真意は伝わっているはずだ。それを彼は確信している。真鉄が読み違えることなどありえない。なのにどうして。

「真鉄…っ、なんでそんな…！」

それ以上言葉にならずに絶句する比古を一瞥《いちべつ》し、真鉄はたゆらに目を向けた。

灰黒の狼《おおかみ》は、ひどく冷たい青年の瞳《ひとみ》をじっと見つめる。

三角の耳がぴくぴくと動き、彼の本意を読み取ろうとしているのが感じられた。

真鉄は瞬きをした。比古のことは騙《だま》せても、たゆらを騙すことはできないだろう。ずっと一緒にいた。珂神がもゆらといたのと同じ時間、真鉄はたゆらとともにいたのだ。

たゆらの中にいるもゆらが、何度も何度も瞬きをして、訴《うった》えるような眼差《まなざ》しを向けてくる。

だが真鉄は、もゆらに答えるつもりはなかった。その目が問うているのは、自分を手にかけたのはいったい誰なのかという真実だ。

傷を押さえる右手をくっと握りこむ。失血のせいでだんだん朦朧《もうろう》としてきた。だが、まだだ。まだ気を失うことはできない。

腹部の傷を摑んで、痛みで無理やり意識を引き戻《もど》す。うめき声がもれないように歯を嚙《か》み締めた。

一歩、たゆらが足を踏《ふ》み出した。新たな血の臭《にお》いを嗅《か》ぎ取った狼の目が、大きく瞠《みは》られる。

「真鉄……」

言いかけたたゆらを、真鉄は鋭利《えいり》に一喝《いっかつ》した。

「さがれ、たゆら！」

びくりと身を震わせて、気圧《けお》された灰黒の狼は数歩下がった。

言葉を失うたゆらと比古に、真鉄は倣岸に言い放つ。

「ここから立ち去れ。臆病者に用はない、二度と姿を見せるな」

「真鉄？」

「誇りを失ったお前は、もはや珂神比古ではない。ならば、荒魂より託宣《たくせん》を受けたこの俺が、次代の王だ」

比古は血相を変えた。

「真鉄、だめだ、それは…っ」

思いがけない真鉄の言葉に、比古はひどく焦《あせ》った。

目を細めた真鉄は不遜《ふそん》な笑みを作る。

「珂神比古。お前が産まれる以前、その名は俺のものだった。ならば、資格を失ったお前に代わって、いまから俺が珂神比古だ」

「真鉄！」

悲痛な叫びが真鉄の耳朶《じだ》を打つ。

真鉄は笑った。冷たい目をして。

言うな瑩祇比古。お前がどうしてそれほどに焦っているのか、わかっているさ。

わかっているから、俺はこの名をお前から奪うんだ。

「だめなんだ、珂神は大蛇《おろち》なんだ、だから…っ」

懸命に言い募る比古を黙殺《もくさつ》し、真鉄はたゆらに命じた。

「たゆら、行け。じきに荒魂がここを訪《おとず》れる。お前たちがいれば、荒魂の気分を害する。さっさと、去《い》ね」

狼の双眸が大きく揺《ゆ》れる。

口を開きかけたたゆらに、真鉄は鋭《するど》く言い放った。

「王の命である」

灰黒の狼が硬直《こうちょく》する。王命には、決してそむいてはならない。それは、母である真赭から繰《く》り返し言い渡《わた》されたことだ。

「……母上、は…」

ぱらぱらと落ちてきた小石が、真鉄の頰《ほお》に当たった。時間がない。

真鉄はふてぶてしく答えた。

「珂神の王位を剝奪《はくだつ》することに反対したので、成敗してやった」

比古とたゆらが息を呑《の》む。

「当然だろう？　九流の悲願を叶《かな》えるためには、和を乱すものを野放しにしておくわけにはいかない。それに、真赭の役目はとうに終わった、生かしておく理由はない」

真鉄の脳裏《のうり》に、優《やさ》しかった赤毛の狼の姿が浮かんで消えた。

緩慢《かんまん》に近づいてきた身重の狼。逡巡《しゅんじゅん》していた真鉄の背を押してくれた、穏《おだ》やかな瞳。

震動が大きくなっていく。大気に蛇神の怒りが満ちる。

時間がない。早く行け。早く。

「――たゆら、行け！」

真鉄の瞳に映った一瞬《いっしゅん》の焦燥《しょうそう》を、たゆらは見逃《みのが》さなかった。そうして、悟《さと》る。理由は必要ない。彼の心がいつもどこにあるのかを、たゆらはずっと見てきた。

灰黒の狼が身を翻《ひるがえ》す。その首にしがみついた比古は血相を変えた。

「たゆら⁉　待て、たゆらっ」

地の底から唸《うな》りが湧《わ》き上がってくる。真鉄と比古の背筋に冷たいものが駆《か》け上がった。

振《ふ》り返った比古に、目を細めた真鉄が静かに告げた。

「――行け、瑩祇比古」

仄《ほの》かな笑みが瞼《まぶた》の裏に焼きつく。比古の胸の奥で鼓動《こどう》が跳ねた。

瞬間《しゅんかん》、凄《すさ》まじい轟音《ごうおん》が生じた。大地が震《ふる》え、波打つ。頂《いただき》に顕現《けんげん》した蛇神が蠢《うごめ》き、鳥髪峰を突《つ》き崩《くず》す。

真鉄の傍《かたわ》らに転がった剣《つるぎ》が見えた。雨に打たれるその剣身《けんしん》。

咄嗟《とっさ》にのばした手は、だが真鉄には届かない。

あのとき、幼い比古の腕《うで》を摑《つか》み取った真鉄の指に、いまどうしてこの手が届かない。

「真鉄――――っ！」

咆哮《ほうこう》が轟《とどろ》く。幾《いく》つもの蛇尾《だび》が地表を滑《すべ》り、木々を薙《な》ぎ倒《たお》して岩を打ち砕《くだ》いた。

崩された頂から多量の土砂《どしゃ》が雪崩《なだれ》落ちてくる。

たゆらはそれらを必死でよけながら走った。

その背にしがみついた比古が、泣きながら叫《さけ》ぶ。

「たゆら、たゆら！　止まれ、たゆら、引き返せ！」

雨で滑《すべ》る斜面《しゃめん》を疾走《しっそう》しながら、轟音に負けじとたゆらが怒号《どごう》する。

「だめだ！　王の、珂神比古の命令だ！」

「たゆら！」

狼の首に両腕を回して、比古は悲鳴のような声をあげる。

「止まれ…っ！　止まってくれ、頼《たの》むから…っ、真鉄のところに…引き返せ……！」

狼は止まらない。

真鉄の心がわかってしまったから、たゆらは脚《あし》を止められない。

そんなたゆらの心を、双子《ふたご》のもゆらは読み取った。

そして、それ以上に、比古の心を感じ取る。子どものように背中を丸めて、身を震わせて泣いている少年の悲しみを、自分のことのように感じ取る。

——かがみ…、泣くなよ、頼むよ…

打ちふしたまま首を振る比古に、もゆらは必死で言い募《つの》った。

——俺たちがいるよ。ほら、昔に約束した。ずうっと一緒にいるよ、て…

言い差して、もゆらはふいに目を見開いた。

行く手を阻《はば》む川を飛び越《こ》えて、たゆらは均衡《きんこう》を崩してかくりと脚を折る。勢いで投げ出された比古がしたたか身体《からだ》を打って咳《せ》き込んだ。

「すまない、珂神…。いや、瑩祇、比古…」

言い直すたゆらを見上げて、比古は涙《なみだ》に濡《ぬ》れた目を細める。

身を起こそうとした比古は、川の彼岸にたたずむ灰白《かいはく》の狼《おおかみ》を認めた。

「もゆら……」

瞠目《どうもく》した比古の茫然《ぼうぜん》とした呟《つぶや》きに、驚愕《きょうがく》した灰黒の狼がそちらを顧《かえり》みる。

川岸に立った灰白の狼は、形容できない不思議な瞳《ひとみ》で比古とたゆらを見つめていた。

その視線を受けた比古は、ふいにたまらなくなって声をあげた。

「もゆら…、もゆら、早くこっちにこい」

もゆらはゆるゆると首を振る。瞬《まばた》きを忘れたような瞳が、透明《とうめい》な瞳が、静かに揺れた。

――……行けない
川に身を乗り出したたゆらが牙《きば》を剝《む》く。

「何を言っているんだ、早く来い！　でないと、荒魂《あらみたま》が…！」

鳴り止《や》まない地響《じひび》きが大きくなっていく。峰《みね》の頂は形を変えて、暴れる蛇神の怒《いか》りのままに砕かれていく。

たゆらの背に手をついて立ち上がった比古は、差し出すように手をのばした。

「もゆら…。そうだ、お前の体、魑魅《すだま》で作ろう。そうしたら、ずっと一緒《いっしょ》にいられる」

あの灰白の姿を、完全に再現してみせる。だから。

比古の目に涙が浮《う》かんだ。もゆらの静かな瞳が、先ほど見た真鉄の笑《え》みにどうしてか重なる。

「約束したじゃないか、もゆら…！」

ずっと、一緒に。

寂《さび》しくならないように、ずっと。

比古の言葉に、灰白の狼はうんと頷《うなず》いた。頷いて、双子の兄を見つめて、笑った。

――たゆらがいるから…かがみは…、違《ちが》うや。瑩祇比古は、大丈夫《だいじょうぶ》だよな
引き攣《つ》れたように息を吸い込む比古に、もゆらは首を傾《かたむ》けて言った。

――約束したから、俺、行くよ

ひらりと身を翻して、もゆらは、大きく震える鳥髪峰をまっすぐに登っていく。

「もゆらああぁっ！」

泣き叫ぶ比古を無理やり背にのせて、たゆらは再び走り出す。

十四年間ともに過ごした日々が、走馬灯のように流れていく。

春の花、夏の風、秋の雲、冬の雪。

晴れた日に見上げた青い空。降るような満天の星に抱《いだ》かれて、いつまでも語り合った夜。少しずつ色を変えていく夜明けの光。しとしとと降りつづく雨音を聞いて過ごした夕さり。

気がつけば先に寝息《ねいき》を立てている、自分とそっくりの、毛並みの色だけが違《ちが》う狼。

ずっとそこにいた。ずっとそばにいた。これからもずっと、ともにいるのだと信じていた。

悲鳴のような声で慟哭《どうこく》する比古を背負い、歯を食いしばった灰黒の狼は走りつづける。

たゆらは止まれない。

真鉄の瞳の奥に見えたのは、比古を、瑩祇比古を頼むという、切なる想《おも》い。

だからたゆらは、絶対に止まれない。

崩れ落ちてくる土砂が量を増していく。

真鉄はほうと息をついた。

「……八岐大蛇よ…、俺を殺すがいい」

薄《うす》く笑って、真鉄は目を閉じる。

真赭は、真赭の姿を騙《かた》っていたあの化け物は、珂神比古の役目だけは本当だと告げた。

珂神比古とは、最期《さいご》にその命を与《あた》えて、荒魂を根の国に送るもの。

大妖《だいよう》の身体は蘇生《そせい》を繰り返す。それは、蛇神の魂《たましい》が、この世にある限り尽《つ》きることのない再生だ。

八岐大蛇を還《かえ》すには、この世にとどまる大蛇の魂を根の国に送るための路《みち》を、珂神比古の命で穿《うが》たなければならない。

珂神比古は、命も、身体も、すべてを一族の民《たみ》のために捧《ささ》げる者。神の力をその身に宿し、時にはそれを示して脅威《きょうい》を知らしめる。

そうだ、八岐大蛇よ。俺の命の終わりとともに、お前の魂もまた、根の国に還るのだ。お前はそれを阻みたいのだろうが、お前は俺を珂神比古に選定した。もう遅《おそ》い。

声を立てずに笑った真鉄は、小さな足音と気配を感じて瞼をあげた。

輪郭《りんかく》のぼんやりとした灰白の狼が、真鉄をまっすぐに見つめていた。

真鉄は呼吸を忘れて瞠目する。

「……もゆら…なぜ…」

言葉を失う真鉄に、もゆらは目を細めて笑った。

――瑩祇比古には、たゆらがいるからさ
とてとてと歩を進めて真鉄の前に尻《しり》を落とし、もゆらは首を傾けた。

――約束を、したろう
ずっと昔に。

「……約束…」

茫然と呟く真鉄に頷いて、もゆらは瞬きをした。

その姿に、昔の情景が重なる。

灰黒の仔狼《こおおかみ》と灰白の仔狼が並んで、真鉄を見上げて言った。

――俺たちも、ずうっと一緒だよ
――約束だよ。寂しくならないように、ずうっと一緒にいるよ…

あのとき真鉄は、目をしばたたかせて、苦笑《くしよう》しながらたゆらともゆらの頭をわしわしと撫《な》でた。珂神も同じように狼たちの頭を撫でて――。

真鉄の唇《くちびる》が、かすかに動く。

「………」

ずっと、一緒に。寂しくないように、ずっと。

ばらばらと土砂が滑ってくる。それとともに大妖の咆哮《ほうこう》が轟《とどろ》く。

「……もゆら…、お前を手にかけたのは……」

灰白の狼は瞬きをする。

――真鉄じゃ、ないよね
ようやくそれだけを問いかけるもゆらに、目を細めた真鉄はかすれた声で答えた。

「最初にお前を襲《おそ》ったのは、俺の放った魑魅だ。だが……」

とどめを刺《さ》したのは、真鉄ではない。

もゆらはほっと息をついた。

――だったらいいや。真鉄じゃないなら。よかったぁ
気がかりは全部消えたと言わんばかりの狼の首に手をのばし、真鉄は灰白の毛並みに顔をうずめる仕草をした。

雨に濡れた頬《ほお》に、熱いものが滑《すべ》り落ちていく。

もゆらは顔をあげて、ふうと目を閉じた。

轟音《ごうおん》が迫《せま》ってくる。

――ずっと、ずうっと……

その言葉は、最後までつむがれることなく、埋《うず》もれる。

雪崩《なだ》れてきた土砂《どしゃ》が、ふたりの姿を一瞬《いっしゅん》で呑《の》み込んだ。

◆　◆　◆

瑩祇比古。
いつか、お前がその名を名乗ることができるようになったとき。
お前は自由を得るだろう。

それは、我らの願いを込めた言霊《ことだま》。
王の責務に縛《しば》られず、王の役目から解き放たれて。
妖《あやかし》である八岐大蛇を、その命をもって根の国に還すのが、珂神比古の最期の役目。
祭祀《さいし》王たる珂神比古。大蛇の力も、命も、すべてお前が握《にぎ》っている。
託宣《たくせん》を受けたときに、お前の命運はさだまった。

けれども、――瑩祇比古。

珂神ではなく、蛇身《かがみ》でもなく。
仄《ほの》かな希望をひっそりと託《たく》すことは、決して罪ではないはずだ。

瑩祇比古。

なんの束縛《そくばく》も受けないその名を、お前の魂に刻んでおこう。
いつかくる、くるかもしれない、その日のために――。

◆　◆　◆

10

簸川を染め上げる大妖の呪《のろ》いを。

天を覆《おお》う黒雲を。

いまこそ、打ち祓《はら》え。

◆

◆

◆

刻一刻と形を変える鳥髪峰を、たゆらは必死でくだっていた。

ちらと視線をめぐらせると、頂に蠢《うごめ》いていた影《かげ》がゆっくりとこちらに向かってくるのが見えた。

たゆらはぞっとした。八岐大蛇が、自分たちを追ってくる。

「……大蛇の魂《たましい》をこの世につなぐものは、もうない」

耳元でささやかれた言葉に、たゆらは目を瞠《みは》る。

「かがみ？　…いや、瑩祇、比古…」

たゆらの首を叩《たた》いて、彼は静かに言った。

「比古でいい。……真鉄も、たまにそう呼んでた」

胸の奥がきりりと痛む。だが、感傷にひたっているいとまはない。

真っ赤になった目で比古は頂を睨《にら》んだ。

珂神比古の役目を、いま比古ははっきりと自覚した。そして、それらをすべて、真鉄が肩代《かたが》わりしてくれたことも。

「……荒魂《あらみたま》を…、この雨を、止めなきゃ…」

唸《うな》る比古の呼吸が上がる。身を起こしているだけで眩暈《めまい》がし、ろくな手当てもしていない傷が熱を持ってひどく痛んだ。

腹部を抱《かか》えるようにして息を詰《つ》める比古を、速度をゆるめたたゆらが不安げに顧《かえり》みる。

「比古…、どこかで休まないと…」

しかし比古は真っ青《さお》になりながら首を振《ふ》った。

「八岐大蛇が…、追いついてくる……」

比古には雨を止める力がある。それを知っている荒魂は、比古を抹殺《まっさつ》しようと考えている。

必死で首をもたげて、はるか彼方《かなた》を指差す。

「あの…光の、柱…。あれに向かえば……」

あちらは、道反の聖域。峰《みね》の反対側に大蛇《おろち》のかしらが集結していて、そこには十二神将と、昌浩がいるはずだ。

痛みの波をやり過ごして、比古は歯を食いしばった。

「……たゆら、あっちに…」

灰黒の狼《おおかみ》は、峰の斜面《しゃめん》を東側に大きく迂回《うかい》して北方を目指した。本当は頂を突《つ》っ切るのが一番早いが、大妖がいる。殺されに行くようなものだ。

急斜面《きゅうしゃめん》のつづく東側を、たゆらは必死で走った。岩が多く足場が悪いこちら側には、普段《ふだん》でもあまり足をのばさない。

一歩進むごとに体が重くなる。そのたびに息を詰め、懸命《けんめい》に移動する。

背に乗った比古は、もう動くこともできないようだった。振動《しんどう》が傷に響《ひび》いているのか、ぐったりとしたまま浅い呼吸を繰《く》り返す。

「比古、比古、しっかりしろ」

ゆさゆさとゆすっても、かすかな返事があるばかりだ。

たゆらは焦燥《しょうそう》した。急いで比古を休ませなければ。

自らを刺《さ》し貫《つらぬ》いた腹の傷。とにかくあれをふさがないと、命が危《あや》うい。

「比古…！　身体《からだ》を取り返すためとはいえ、無茶《むちゃ》が過ぎる…！」

心配と憤《いきどお》りのない交ぜになったたゆらの叱責《しっせき》が、比古の耳朶《じだ》を打つ。少年は緩慢《かんまん》にこうべをもたげ、薄《うす》く笑った。

「……根性《こんじょう》、あるだろう…」

「比古！」

さらに語気を荒《あら》げる灰黒の狼の首を抱えるようにして、比古は沈鬱《ちんうつ》にうめいた。

「もゆらだけじゃなく、お前まで手にかけるなんて、絶対に嫌《いや》だったんだ……っ」

珂神比古に支配された心の奥底で。比古はすべてをつぶさに見ていた。灰白の亡骸《なきがら》を雷《いかずち》で砕《くだ》いた大蛇。毛の一筋も残らなかったもゆら。

狼の首を抱《だ》きしめる比古の目に、涙《なみだ》がにじんだ。

「……っ」

最後に笑っていた真鉄。笑って身を翻《ひるがえ》したもゆら。

姿を見せない真赭は、真鉄の言葉を信じるならば、もはや死んでいる。

大切なものはすべて土《ど》砂《しゃ》に埋《うず》もれて、比古の手に残っているのは、いま抱えているぬくもりだけになってしまった。

たゆらの首に回されていた比古の手が、するりと落ちる。

「比古!?」

色を失う狼の耳に、大丈夫《だいじょうぶ》だというかすかな声が忍《しの》び込んできた。

「くそ…っ」

たゆらは駆《か》け出した。震動が生じる。均衡《きんこう》を崩《くず》して動けなくなる。

すぐ近くにおぞましい気配が降り立った。ざわざわという響きが風と雨を縫《ぬ》い、たゆらと比古を追ってくる。

素早《すばや》く背後を顧みた狼は、幾《いく》つもの蛇尾が岩を砕いて迫《せま》りくる様を見た。

「…っ」

走り出そうとするが、激しさを増す地震《じしん》が彼の足を封《ふう》じる。

狼は必死で跳躍《ちょうやく》した。だが、踏《ふ》ん張りがきかず、目指した岩に届かない。かろうじて前脚《まえあし》が岩肌《いわはだ》に引っかかる。そのまま宙吊《ちゅうづ》りの形になったたゆらの背から、比古がずるりと滑《すべ》り落ちた。

「あ…」

たゆらは目を剝《む》いた。獣《けもの》の四肢《しし》は、少年を支えられない。突き上げるような震動が岩場全体を揺《ゆ》るがした。

たゆらと比古の体が放り上げられ、そのままなす術《すべ》もなく落ちていく。真下にあるのは、ごつごつとした無数の突起《とっき》。落ちたら一巻《いっかん》の終わりだ。

必死でのばした爪《つめ》は、岩肌を掻《か》いただけだった。

「真鉄…っ」

比古のうめきが聞こえた気がして、たゆらの喉《のど》から絶叫《ぜっきょう》が迸《ほとばし》った。

誰か――――！

瞬間《しゅんかん》、凄《すさ》まじい突風《とっぷう》が下方から吹《ふ》き上げ、彼らを包み込んだ。同時に、岩陰《いわかげ》から飛び出した影が、これ以上ないほどに悲痛な声で叫《さけ》ぶ。

「比古…っ！」

のばされた比古の腕《うで》を、同じくらいの大きさをした手が、摑《つか》んだ。

衝撃《しょうげき》が腕にかかり、腹部を突き抜《ぬ》けて、比古は潰《つぶ》れた蛙《かえる》のようにうめく。

同時にたゆらは、たくましい腕に受けとめられて、風とともに浮《う》き上がった。

たゆらを包んだ風が雨を撥《は》ね返し、少し大きな岩に降り立った。

先程上空から昌浩たちを見つけ、合流した白虎の風だ。

「昌浩、そっちはどうだ」

くずおれたたゆらの容体を診《み》ていた白虎が尋《たず》ねると、仰《あおむ》向けに寝《ね》かされた比古の腹に手を当てた昌浩が切迫《せっぱく》した様子で答えた。

「かなり、まずいと思う…。勾陣、大蛇は」

彼らの前に佇立《ちょりつ》した十二神将勾陣が、剣呑《けんのん》な顔で周囲を睥睨《へいげい》する。

「――――近い」

一瞬《いっしゅん》、静寂《せいじゃく》が降り積もった。ついで、それを打ち消すような轟音《ごうおん》とともに、大蛇の尾《お》が土中から出現する。

足場にしていた岩が木《こ》っ端《ぱ》微《み》塵《じん》に粉砕《ふんさい》され、一同は宙に投げ出される形となった。

白虎の風が全員を包み、雨の中を翔《か》けあがる。

それを追った八つの蛇尾が先回りし、寄り集まって彼らを叩き落とそうとする。

凄まじい勢いで襲《おそ》ってきた蛇尾を、勾陣の通力が爆裂《ばくれつ》して撥ね返す。その隙《すき》に一同は、鳥髪峰の北側に飛んだ。

巨大《きょだい》な胴《どう》から長くのびた八つのかしらが、峰の一角で蠢《うごめ》いている。森だったはずのそこは、大蛇と神将たちの熾烈《しれつ》な戦いで丸裸《まるはだか》にされてしまっていた。

風に包まれて空を翔けていたたゆらは、もとの高さの半分程度になってしまった峰を茫然《ぼうぜん》と見上げた。すっかり形を変えた峰に、大蛇が横たわっている。

「白虎、比古とたゆらを頼《たの》む」

言い置いて、昌浩と勾陣は風の繭《まゆ》から飛び降りる。

着地する寸前に神気の風がふたりを包み、大した衝撃も感じずに降り立った昌浩は、咆哮《ほうこう》しながらのたうっている大蛇の許《もと》に向かった。

そこでは、大妖に、紅蓮がひとりで立ち向かっていた。六合と風音の姿は見出《みいだ》せない。

灼熱《しゃくねつ》の闘気《とうき》が噴《ふ》きあがった。手にした剣《つるぎ》にその力をすべて注いだ紅蓮が、やおら腕を振り上げる。

刃渡《はわた》り五尺はありそうな長大な剣が振り下ろされた。その延長にあった大蛇のかしらが、どういうわけか真っ二つに叩《たた》き割られる。

「え…」

何が起こったのか、一瞬理解できなかった。

「うおぉぉぉっ！」

紅蓮の凄まじい怒号《どごう》が轟《とどろ》く。

驚愕《きょうがく》して言葉を失う昌浩の前で、凄まじい神気を放つ紅蓮の刃《やいば》が翻る。横合いから突っ込んできた隻眼《せきがん》のかしらに向けて切っ先を薙《な》ぎ払《はら》うと、離《はな》れているかしらの目の下が横一文字に切り裂《さ》かれた。

神通力が迸る。紅蓮の炎《ほのお》が金色の陽炎《かげろう》に転じ、それが刃を通じて長くのびている。形のないその光は、まるで巨大な剣を振《ふ》るっているかのごとくに大妖の蛇体《じゃたい》を切り裂いているのだ。

「……すごい…」

唖《あ》然《ぜん》として呟《つぶや》く昌浩に、勾陣は濡《ぬ》れた前髪《まえがみ》を鬱陶《うっとう》しげに掻きあげながら言った。

「あそこまで桁《けた》が違《ちが》うと、ばかばかしくなってくる」

紅蓮の雄叫《おたけ》びが轟く。通力すべてを剣にのせてふるっているのだ。よく見れば彼の両腕《りょううで》は血管が浮き出て、小刻みに震《ふる》えていた。

想像を絶する重さの巨大な武器を扱《あつか》っていると考えれば、説明がつくのだろうか。

思わず呆然《ぼうぜん》とその光景を見ていた昌浩は、瞬《まばた》きをして唸《うな》った。

「紅蓮て、もしかして、ものすごく、すごいんじゃ…」

「もしかしなくてもものすごくすごいから、あれは最強なんだ」

隣《となり》にいる勾陣が、腰帯《こしおび》に差したふた振りの筆架叉《ひっかさ》を叩く。失われてしまったと思っていた一《ひと》振《ふ》りが返ってきたので、慣れた重さがそこにあった。

「それより、六合と風音はどこだ。いくら騰蛇でも、雨を受けて無限に再生する大蛇《おろち》相手では、そうそう持たないぞ」

昌浩は唇《くちびる》を引き結んで空を見上げた。はるか北方の道反《ちがえし》の方角には晴明の作り出した穢祓《あいばつ》の秘術になる光柱が立ち昇《のぼ》り、雨雲を少しずつ打ち消している。

だがそれはここまで届かない。

大蛇に力を与《あた》えるあの雨雲。あれはいったいなんなのだろう。

彼らの近くにふわりと着地した白虎は、抱《かか》えていた比古とたゆらを降ろして難しい面《おも》持ちを見せた。

「相当衰弱《すいじゃく》している。早く手当てをしなければ危《あや》うい」

青ざめた比古の傍《かたわ》らに膝《ひざ》をついて、呼びかける。

「比古、比古」

やや置いて、比古はうっすらと目を開けた。

瞬きをして眩《まぶ》しそうにしながら、近くにある昌浩の顔に気づく。

「……ああ、昌浩……」

かすれた声に頷《うなず》いて、昌浩は視線を走らせた。

天を仰《あお》いだ昌浩に倣《なら》い、比古も頭上を見つめた。

降りつづく雨を、いまは白虎の風が払っている。直接当たれば神気を削《そ》ぐ雨だ。風の覆《おお》いで凌《しの》ぐのは通力を消耗《しょうもう》するが、致《いた》し方ない。

血の気の引いた白い面差しに、昌浩は問いかける。

「比古…、あの雲は、どうして晴れないんだ。雨は、どうしてやまないんだ」

疑念を受けた少年は、朦朧《もうろう》としながら途切《とぎ》れ途切れに答えた。

「……あれは…九流の、嘆《なげ》き……」

昌浩たちは息を呑《の》んだ。

比古は苦しそうな息の下で言葉をつなぐ。

珂神比古の見せた真実がある。

大蛇の毒血を大地に落とすあの雨は、根の国の大蛇の許《もと》に送られた、九流の魂《たましい》が凝《こ》り固まったもの。

中央政権に対する恨《うら》みを心のどこかに植えつけられていた魂は、死したのちに大蛇に力を与えつづける邪念《じゃねん》の塊《かたまり》となった。

大蛇は水の性《さが》。神代からの長きにわたって膨れ上がった九流の邪念が、水の性である蛇神のために雨雲の形をとって空を覆った。

「……滝《たき》に流された…軀《からだ》が…、形をなくして…、水にとけて…この鳥髪峰の底に、澱《よど》んでるんだ…」

目を閉じる比古の眦《まなじり》から、涙《なみだ》が一筋こぼれ落ちた。

「……解き放たなきゃ…ならない…俺は…王だから……」

たったひとりになっても、彼の心は九流の王たる誇《ほこ》りを失っていなかった。

民の命を、民の心を。救い出し解き放つ。雨を止め、この地に澱んだ邪念を浄《きよ》めるのだ。

「雨を…止める……」

比古がのばした手を、昌浩が握《にぎ》った。

「――――俺が、やる」

決然と断じ、昌浩は顔をあげた。

峰《みね》全体を覆う邪念を浄化《じょうか》し、幾星霜《いくせいそう》にもわたって凝《こご》った怨念《おんねん》すべてを解き放つ。

大蛇のかしらを叩き斬《き》り、紅蓮は肩《かた》で息をした。

「くそ…っ」

正直言って、もう限界だ。土の性に通力を変換《へんかん》しているにしても、大蛇の再生能力に追いつかない。どうにか手を打たなければ、こちらの力が尽《つ》きる。

ふいに、風が凪《な》いだ。

それまで重くからみつくようだったねっとりとした風が、唐突《とうとつ》に静まる。

「……なんだ？」

呟いた瞬間《しゅんかん》、鳥髪峰を取り囲む、白銀の障壁《しょうへき》が音を立てて噴きあがった。

凄《すさ》まじい神気が黒雲を貫《つらぬ》いている。

言葉を失った紅蓮は、峰を大きく回りこんできた人影《ひとかげ》を認めて目を瞠《みは》った。

「風音…!?」

逆方向からは六合が疾走《しっそう》してくる。昌浩たちに気づき、ふたりは紅蓮と昌浩たちの狭間《はざま》に立った。

「峰を囲んだ障壁は、長くは持たない。いまのうちに」

風音の言葉に、紅蓮は舌打ちをする。

「簡単に言ってくれる…！」

障壁の外側に広がる黒雲が、見る見るうちに薄《うす》まって消えていく。根源である峰から生ずる邪念を断《た》ち切ってやれば、雲は出雲の大地が放つ気に押されて消えるのだ。

「風音、いったい何をした」

勾陣の問いに、彼女は髪《かみ》を掻《か》きあげながらこたえた。

「私の髪を峰を囲む十二方に埋《う》め込んで、霊力《れいりょく》でつないだの。でも、思った以上に邪念が強い。地の底から広がっていくから、大本《おおもと》を消さないと意味がないわ」

壮絶《そうぜつ》な邪念が澱む箇所《かしょ》すべてを囲んだため、想像以上の面積となった。六合とふたりがかりで、一刻近くかかり、ようやく完成した結界だ。

呼吸を整える風音を、昌浩はまっすぐ見上げた。

「あとは、俺がやる」

昌浩の言葉を、その真意を受けた風音は、緊迫《きんぱく》した面持ちを浮《う》かべた。

「あなたの力は、危《あや》うい。それをわかっていて、やるつもりなの？」

天狐の力は、いまは風音の髪のおかげで抑制《よくせい》できている。だが、それは一時凌《いちじしの》ぎだ。ひとたび燃え上がれば、天狐の炎《ほのお》は暴れだし、昌浩の魂を灼《や》くだろう。

丸玉の補助がなければ、妖《あやかし》を視《み》ることもかなわなくなってしまったという少年を、その原因を作った女は無言で見つめた。

道反の巫女《みこ》とよく似た面差し。だが、その双眸《そうぼう》は、巫女よりずっと生気に満ちているのだ。

彼女の甚大《じんだい》な力を知っている。

だが昌浩は、自分の手でやり遂《と》げなければならない。

動けない比古の代わりに。死に瀕《ひん》した自分を助けてくれた少年の、悲痛な願いを受けたのは、風音ではなく自分だ。

大蛇《おろち》の咆哮《ほうこう》が木霊《こだま》する。

筆架叉を引き抜《ぬ》いた勾陣が一同を顧《かえり》みた。

「大妖は私たちが引き受ける。頼《たの》むぞ、昌浩」

笑《え》みを含《ふく》んだ彼女の言葉が、担《にな》い手を決した。

眉《まゆ》をひそめる風音の横をすり抜けざま、勾陣は低く告げた。

「これ以上持たないのは、お前も同じだろう」

はっと目を瞠る風音を一瞥《いちべつ》し、闘将《とうしょう》の紅一点は鮮《あざ》やかに地を蹴《け》った。

風音は唇《くちびる》を噛《か》むと目を閉じた。見抜《みぬ》かれた。

ふと視線を感じて顔をあげると、黄褐色《おうかっしょく》の瞳《ひとみ》が注がれていた。

頭《かぶり》を振《ふ》った風音は、昌浩を振り返った。

「わかったわ。でも、それだけじゃ天狐の力を抑《おさ》えることはできない」

手首の髪を押さえる昌浩に、彼女は思いもよらないことを言った。

「抑えようとするから反発が来るのよ。だから、そのまま解放すればいい」

「そ…っ」

色を失う昌浩の後ろで、白虎が渋面《じゅうめん》を作る。

「待て。それでは昌浩の命が…」

「わかってる。でも」

風将の言をさえぎり、風音は鳥髪峰を顧みた。

「騰蛇と勾陣が大蛇を阻《はば》んでいられる時間は少ない。結界も同じ。一気に片をつけるには、昌浩の力を解放するのが一番いい」

「でも」

思わず声をあげて、昌浩は彼女に詰《つ》め寄った。

「丸玉もないのに、そんなことをしたら…」

「私が」

自分の胸に手を当てて、彼女は宣言した。

「私が、丸玉の代わりに、すべてを引き受ける」

父たる道反大神の力の具現である出雲石の丸玉。それが昌浩の力を鎮《しず》められるのは、彼の放つ力が道反大神と同質のものだからだ。

「蛇神は水の性。ならば、九流の邪念も同じでしょう。土剋《こく》水、水を制するのは土。昌浩、あなたの力は土の性よ」

昌浩は目を見開いた。唐突に、思い当たった。

いままで考えたことはなかった。だが、そうなのだ。

「天狐は、土の性…！」

茫然《ぼうぜん》と呟《つぶや》く昌浩に頷《うなず》き、風音は手をのばした。昌浩の額に右手の人差し指と中指を当て、彼の魂が刻む波動に己《おの》れのそれを同調させる。

どくんと、昌浩の胸の奥で脈動が生じた。

体の最奥《さいおう》で炎が揺《ゆ》れる。だが、それに伴《ともな》って訪《おとず》れるはずの苦痛がまったくない。

胸を押さえた昌浩は、風音を見つめた。彼女はついと鳥髪峰を指し、促《うなが》す。

「雨雲を生む邪念は、そこにある」

昌浩は眦を決し、走り出す。向かうは峰の頂。

走る昌浩を、白虎の風が包み込んだ。

「白虎！」

「行くぞ」

ぶわりと広がる風のうねりが、かろうじて残された木々を揺らす。

大蛇の胴《どう》が横たわる鳥髪峰。その頂の上空に飛びあがった昌浩は、呼吸を整えて印を組んだ。

「白虎、合図したら俺をあそこに落としてくれ」

昌浩が指すのは、大蛇の胴、その真ん中だ。さすがにぎょっとした白虎に、昌浩は強い瞳で頷いて見せた。

体が軽い。ずっと最奥に巣くっていた仄白《ほのじろ》い炎が、それが与《あた》える苦痛がまったくない。

大蛇の蛇腹《じゃばら》が大きくうねった。八つの尾《お》と八つのかしらすべてが蠢《うごめ》き、その全身があらわになる。

「いまだ！」

風の膜《まく》から飛び出した昌浩は、まっすぐ大蛇の背に向かって降下していく。

雨と風が昌浩を襲《おそ》い、大妖《だいよう》の激しい妖気《ようき》が迸《ほとばし》るように噴《ふ》きあがってきた。肺に入った妖気が胸の中を焼くようだ。

昌浩は構わずに叫《さけ》んだ。

「今斯《か》く茲《ここ》に…！」

持てるすべての霊力を解き放ち、一点に集中させる。

狙《ねら》うは、大蛇の胴の中にあるはずの心臓と、そのはるか下、大地の奥に澱《よど》む邪念《じゃねん》。大蛇を通じて噴きあがる瘴気《しょうき》が、雨雲に転じてこの国を穢《けが》すのだ。

「菅掻《すがが》きを為《な》しつつあるは、吾等《われら》が遊楽《ゆうらく》のためにあらず…っ！」

大蛇の背に落下し、膝《ひざ》のばねで衝撃《しょうげき》を殺す。だが均衡《きんこう》を崩《くず》しかけ、一瞬《いっしゅん》よろめいた。

思ったよりもずっと硬質《こうしつ》な鱗《うろこ》に覆《おお》われた大蛇の背は、まるで巌《いわお》のようだった。

鱗に触《ふ》れている箇所から凄《すさ》まじい悪寒《おかん》が這《は》い上がってくる。大妖の瘴気が、肌《はだ》を刺《さ》して体内に侵入《しんにゅう》してくるような錯覚《さっかく》に囚《とら》われた。

水のように濃密《のうみつ》な瘴気が呼吸を阻む。拍手《かしわで》を打ち、昌浩は足を踏《ふ》ん張った。

こんなところで膝をついたら、大蛇と死闘《しとう》を演じている紅蓮と勾陣に叱《しか》られる。

「…っ、神の御心《みこころ》を和《なご》めて、此鮮潔《このせんけつ》なる神座《みくら》に招迎《しょうげい》するものなり！」

神呪《しんじゅ》は言霊《ことだま》。拍手は音霊《おとだま》。よろめいた昌浩は、気力で身体《からだ》を支えた。眩暈《めまい》がして激しい頭痛に襲われる。

呼吸が詰まる。

強すぎる邪念が昌浩の意識を混濁《こんだく》させる。

全身に震《ふる》えをきたした。膝をつきそうになる。

そのとき、衣《ころも》の奥に下げた匂《にお》い袋《ぶくろ》の、布と擦《す》れ合うかすかな音が聞こえた。

昌浩は目を見開いた。

きらめいた切っ先。驚《おど》くほどの力で自分を引き倒《たお》し、代わりに刃《やいば》を受けた少女の姿が瞼《まぶた》の裏に浮かぶ。

そして、耳の奥に自分の名を呼ぶ彼女の声が。

「……っ」

彼は歯を食いしばった。

帰るのだ。彰子が待っている。こんなところで倒れるわけにはいかない。

「伊吹戸主神《いぶきとのぬしのかみ》、罪穢れを遠く根国底国《ねのくにそこのくに》に退ける。…っ、天《あま》の八重雲《やえぐも》を吹《ふ》き放つごとくに、禍《まが》つ風を吹き払《はら》う」

片膝《かたひざ》をついて、大蛇の背に右手を押し当てる。手首に巻きついていた黒髪《くろかみ》が、瞬《また》く間にちぎれて霧散《むさん》した。

風音がいなかったら、今頃《いまごろ》昌浩は耐《た》えがたい苦痛にのたうちまわっていただろう。

「伊吹、伊吹よ、この伊吹よ。神の伊吹となれ——！」

神呪《かじり》が完成するとともに、昌浩の体から放たれる人外の力が爆発《ばくはつ》する。

神にも通じる天狐の力。それが、神呪の言霊でさらに強さを増し、大蛇の背を突《つ》き抜けて土中深くにまで広がっていく。

峰《みね》の奥底に澱んだ邪念が昌浩の「目」に映った。抗《あらが》うように膨《ふく》れ上がる邪念が、地上に這い出ようとする。

拍手を叩《たた》き、昌浩は目を閉じた。

「掛《か》け巻くも畏《かしこ》き、素戔嗚男神、足名槌神《あしなづちのかみ》、手名槌神《てなづちのかみ》、奇稲田姫神《くしなだひめのかみ》」

ここには常磐木《ときわぎ》もない。鳥居も小幣《しょうへい》も、神籬《ひもろぎ》となせるものは何一つ。だが、ここは上代に神の降り立った場所。

天津神が大妖を討《う》ち果たした地。伊吹で清浄《せいじょう》な力に満ちれば、この峰自体が神籬の役目を果たす。

神の息吹《いぶき》が宿る出雲だからこそなせる業《わざ》だ。

「この神籬に天《あも》降り座《まし》ませと畏《かしこ》み畏みも申す」

地の底に澱む邪念が噴き上がる。同時に、大妖の蛇体《じゃたい》が大きくのたうち、凄まじい咆哮《ほうこう》を放った。それまでのものとは違《ちが》う、明らかに苦痛を訴《うった》える響《ひび》き。

「天《あめ》の息《おき》、地《つち》の息、天《あめ》の比礼《ひれ》、地《つち》の比礼、空津彦《そらつひこ》、空津姫《そらつひめ》、奇《く》しき光」

天と地の双方《そうほう》から寄り集まってくる神霊《しんれい》の波動。それが大蛇を貫《つらぬ》き、暗雲を貫いて、天照《あまてらす》の輝《かが》やきが出雲の大地に降り注ぐ。

清浄な神気が昌浩を突き抜《ぬ》ける。息を詰め、昌浩は刀印を組んだ。

八字を切り、最後に中央を袈裟懸《けさが》けに切り下ろす。

「だあああっ！」

ぴんと澄《す》んだ音を立てて、空に描《えが》かれた八字が輝いた。静寂《せいじゃく》が辺りを支配する。

直後、轟音《ごうおん》とともに大蛇の胴が地に沈《しず》み込む。

ぐらりと傾《かたむ》いた昌浩を、滑空《かっくう》した白虎がすくい上げ、飛翔《ひしょう》する。

白虎の腕に昌浩がいるのを認めた紅蓮は、渾身《こんしん》の力を込め、大蛇の胴めがけて剣《つるぎ》を叩き落とした。

「はあっ！」

胴が真っ二つに裂《さ》ける。かしらを駆《か》け上がった勾陣が、全霊《ぜんれい》を込めた切っ先を薙《な》ぎ払った。

八つのかしらがすべて叩き落とされ、今度は蘇生《そせい》することなくしゅうしゅうと白煙《はくえん》をあげなから崩れ落ちていく。

胴も、八尾《やお》も、同じようにして鱗が剝《は》がれ落ち、肉が削《そ》げ、骨が崩れていく。

噴き上がる瘴気が雨雲を払い、雨が遠退《とおの》いていく。

紅蓮は三種一連の御統《みすまる》をはずすと、最後の力を振《ふ》り絞《しぼ》って白炎《びゃくえん》の龍《りゅう》を召喚《しょうかん》した。

「これで、終わりだ！」

激しい火柱とともに噴き上がる白炎が、鱗も骨も何もかもを呑《の》み込んで、天を衝《つ》くほどに燃え上がった。

それを見届けた六合は、くずおれた風音を抱《だ》き上げた。

昌浩の身に生じる苦痛をすべて引き受けた風音は、文字通り血反吐《ちへど》を吐《は》きながら悶絶《もんぜつ》していた。

のたうち回る彼女を、六合は霊布で包み、ずっと抱きかかえていた。

声にならない絶叫《ぜっきょう》をあげながらのけぞる風音の口もとに腕を当て、舌を嚙《か》み切らないように己れの肉を嚙ませて。

気絶することもできない苦しみの中、彼女は何度も血を吐いた。薄《うす》い色の衣《ころも》の胸元《むなもと》が、どす黒く変色する。

計ればさほど経《た》っていないだろう。だが、まるで永遠のような苦しみだった。

邪念が解放され、騰蛇と勾陣の手で大蛇が完全に叩き潰《つぶ》される。雲が押し流されて穢れをもたらす雨が上がり、形を変えた鳥髪峰は数日ぶりの陽射《ひざ》しを受けた。

のろのろと瞼をあげて、風音はしゃがれた声で問うた。

「……さい…き…、終わった…の…？」

「ああ」

感情を殺した六合が短く答えると、風音は仄《ほの》かに微笑《ほほえ》んだ。彼女を抱きしめる六合の耳に、ひそやかな声音《こわね》が忍《しの》び込んだ。

「……このことは…昌浩…たちに、は…言わ…ないで…」

激痛の名残《なごり》が未《いま》だ彼女の体内を駆け巡《めぐ》っている。

唇《くちびる》を噛む六合に、風音はかすかに首を振る。

「……平気…よ……私、は……」

彼らに与《あた》えた苦しみにくらべたら、こんなものはきっと、ささやかな痛みに過ぎない。

11

◆
◆
◆

安倍成親が仕事を終えて退出したのは、規定より少し遅《おそ》めの酉《とり》の刻だった。

いつもだったらまっすぐ帰邸《きてい》するのだが、今日は寄り道をすることにした。

朝にも顔を出した成親がまたもや訪《おとず》れたので、母の露樹《つゆき》は驚いた様子だった。

晴明が戻《もど》っているかどうかを尋《たず》ねる息子《むすこ》に、露樹は笑いながら頷《うなず》いた。

「やっと戻られたか」

息をついて祖父の部屋に足を運ぶ。

「おじい様、成親です」

ひと声かけると、入れという返答があった。だが、祖父の声とは違う。

「ん？　いまのは…」

首をひねりながら妻戸を開けた成親は、端座《たんざ》した天后と胡座《あぐら》をかいた青龍の正面に、うなだれた太陰と腕を組んだ晴明という、奇妙《きみよう》な取り合わせに迎《むか》えられた。

ちなみに、先ほど成親を促《うなが》したのは、青龍の声だったように思う。

「おや、成親様」

珍《めずら》しい声に振り返れば、腕を合わせて立っている太裳がほけほけと笑っている。

「なんだなんだ、お前がこっちにいるのは珍しいな」

「そうなのですよ。そろそろ戻ろうと考えていたところです」

そっと晴明たちを見やって、太裳は小さく苦笑《くしよう》した。

「先ほど帰られたのですが…、青龍の雷《かみなり》が、少々激しくて」

「はあ、少々、ね……」

背中を見ているだけでも怒《いか》りの激しさが伝わってくる。太陰が顔をあげないのは、反省しているからということも勿論《もちろん》あるのだろうが、あまりにも恐《おそ》ろしくて青龍を直視できないからだろう。

「手狭《てぜま》になってまいりましたので、私はこれで。皆様《みなさま》によろしくお伝えください」

一礼して、太裳はふっと隠形《おんぎよう》した。神気が掻き消える。

重苦しい沈黙《ちんもく》が降り積もる。

しばらく妻戸の前に立っていた成親は、ずかずかと移動して青龍と晴明の、ちょうど真横に腰《こし》を下ろした。

青龍は成親を一顧《いっこ》だにすることもなく、ひたすら晴明を睨《にら》んでいる。

一方、天后は正面の太陰を、冷え冷えとした視線で睨《ね》めつけていた。

これは怖《こわ》いだろう。何があったのかは知らないが、解放された暁《あかつき》には、太陰はしばらく異界に引きこもっているに違《ちが》いない。

いくら待っても動きがないので、成親は息をついて片手をあげた。

「あのー、ちょっといいか青龍」

ここで初めて青龍の眼光が成親に据《す》えられる。

無言で促す青龍に、内心おっかないなーもーとぼやきながら、口を開いた。

「おじい様、内裏《だいり》で気になることが起こっているので、ご意見を伺《うかが》いたいのですが…」

祖父を見た成親は、目を丸くした。

よく見れば、げっそりとやつれて頬《ほお》がこけているではないか。

「どうなさったんですか、この間お見かけしたときは、もっと元気そうだったのに」

「……いささか、無理をしてのぅ…」

「――――いささか、だと」

地を這《は》うような唸《うな》りが発される。

殺気にも似た眼光で晴明を撃《う》ち抜《ぬ》き、青龍は全身から怒気《どき》の波動を立ち昇《のぼ》らせた。

うーん、本気で怖いなぁ。

さすがに冷や汗のにじむ成親に、老人は飄々《ひょうひょう》と告げた。

「すまんな、成親や。ちょおっと立て込んでおるので、明日にしてくれんかのぅ」

老人と神将を交互《こうご》に見やった成親はおとなしく従うことにして一礼すると、立ち上がった。


安倍邸《てい》を出て行く成親の背中を、土手に隠れていた雑鬼《ざつき》たちが見送る。

「んー？　確か、神将の風が吹《ふ》いたよなぁ？」

首をひねる猿鬼《えんき》に、竜鬼《たつき》と一《ひと》つ鬼《き》が頷いた。

「晴明も一緒《いっしょ》に帰ってきたはずだぞ」

「お姫《ひめ》に会わせてもらえないか、聞いてみようぜ」

ころころと転がるようにして進む一つ鬼につづき、竜鬼と猿鬼が門の前で立ち止まる。

「せーの、おーひーめー」

三匹《びき》声を揃《そろ》えて呼びかける。

ややおいて、十二神将朱雀が顔を出した。

「なんだ、お前たちか」

「あっ、式神。お姫はまだ臥《ふ》せってるのか？」

猿鬼の問いに、朱雀は邸《やしき》を振《ふ》り返った。

「いや、先ほど目覚めた。…だが、目覚めたばかりだから、今日は無理だな」

朱雀が視線を戻すと、三匹はひどく落胆《らくたん》した風情《ふぜい》でしょげ返っていた。

「お姫が元気がないのは、寂《さび》しいなぁ、俺たち」

「早く元気になってくれって、伝えといてくれよ」

言い募《つの》る一つ鬼と竜鬼に頷いて、朱雀は門を閉める。

三匹はいつものねぐらには戻らず、戻り橋の袂《たもと》にいる車之輔《くるまのすけ》のところに移動して、輪の陰に腰を落ちつけた。

「ここにいれば、すぐに会いにいけるもんな」

「怖いのが出てきても、式神が近くにいるから安心だし」

「あとは、孫が早く帰ってくれば、文句なしなんだけどなぁ」

彼らの言葉に、妖車の車之輔は、がたがたと轅《ながえ》を揺《ゆ》らして、そうですねぇと頷いた。

◆　◆　◆

目を開けた昌浩は、自分のいる場所を把握《はあく》できずに視線を彷徨《さまよ》わせた。

「気がついたか」

顔を向けると、勾陣が腕組《うでぐ》みをして地面に座っている。

「……ええと、ここは…」

「道反《ちがえし》の隧道《ずいどう》の入り口だ。さすがに、あれらを聖域に入れることには守護妖《よう》たちが反対しているからな」

勾陣の示す先には、横たわった比古とたゆらの姿があった。

「我々には癒《いや》しの術がない。お前が目覚めるのを待っていた」

「ああ、そか」

得心がいって、昌浩はよいしょと起き上がる。手をついて立ち上がろうとした昌浩は、勾陣を挟《はさ》んだ反対側に、白い物《もの》の怪《け》がうつ伏《ぶ》せにのびていることに気がついた。

「…もっくん？」

胡乱《うろん》に顔をしかめる昌浩に、物の怪は右前足を僅《わず》かに上げて応じた。

「…おー……。昌浩ー、身体《からだ》は大丈夫《だいじょうぶ》かー…」

声にいやに力のない物の怪である。昌浩は呆気《あっけ》にとられながら頷いた。

「う、うん。大丈夫、みたいだけど…」

「そうか…。そいつは、重畳《ちょうじょう》……」

物の怪の語尾《ごび》がかすれて消え入るなど、前代未聞《ぜんだいみもん》である。

「勾陣、もっくん、どうしたんだ？」

勾陣は涼《すず》しい顔で立ち上がり、物の怪の首を引っつかんだ。

「勾……！」

吊《つ》り下げられた物の怪は、抵抗《ていこう》するそぶりこそ見せないものの、夕焼けの瞳《ひとみ》に険を宿す。

「昌浩はちゃんと目を覚ましたんだ、もういいだろう。とっとと沈《しず》んでこい」

「俺は、別に、怪我《けが》も何もしていない…っ」

「御統《みすまる》に神気を根こそぎ持っていかれて、まともに動けないくせに」

「そういう問題と…違《ちが》う…っ」

「白虎、昌浩を頼《たの》む」

物の怪の抗議《こうぎ》を黙殺《もくさつ》し、勾陣は反対側に座していた同胞《どうほう》に視線を向ける。片手をあげてそれを受けた白虎は、びっくりして目を丸くしている昌浩に気づき、疲《つか》れた様子で苦笑した。

「さすがに疲労困憊《ひろうこんぱい》だ」

言葉を失う昌浩は、比古がのろのろと首をめぐらせるのに気づいた。

少年の瞳が昌浩に据えられる。

「比古」

昌浩が傍《かたわ》らに膝《ひざ》をつくと、比古はたゆらの背に手をついて起き上がった。

狼《おおかみ》にもたれて、比古は昌浩と向き合う。

「俺たちは、間違《まちが》っていた…」

「……うん」

彼らのやりとりを窺《うかが》っていた物の怪と勾陣は、危険はないと判断して肩《かた》の力を抜いた。

「さて、では行くか」

「どこにだ」

「決まっているだろう。ああ、心配するな。お前が沈んでいる間は、昌浩には私がついている」

「だから、待て」

「聞こえない聞こえない」

物の怪をぶら下げたまま、勾陣は隧道の奥に消えていく。その後も聞き取れないやり取りがつづいていたが、やがてそれも届かなくなった。

昌浩と比古は、無言で互《たが》いを見つめた。

沈黙《ちんもく》を破ったのは、比古のほうだった。

「……昌浩、お前、幾《いく》つ」

「え…、十四」

比古は目を細めた。

「じゃあ、俺のひとつ下だ。……それにしては、小さいな」

むっとして、昌浩は反論した。

「すぐにのびる。比古だって追い越《こ》してやる」

比古はうつむき、喉《のど》の奥でかすかに笑う。肩を震《ふる》わせる比古を渋面《じゅうめん》で眺《なが》めていた昌浩は、ぱたぱたとしたたるしずくに気づいてはっとした。

うつむいたまま肩を震わせていた比古は、漸《ようよ》う呟《つぶや》いた。

「……真鉄は…俺の八つ上だったんだ…」

昌浩は、小さくうんと相槌《あいづち》を打つ。

比古に背を貸しているたゆらが、合わせた前脚に顎《あご》をのせて、尻尾《しっぽ》で兄弟の背を何度も何度も撫《な》でている。

「…もゆらは…俺と、同じ年に生まれて…たゆらとは、双子《ふたご》で……」

うんと、昌浩はただ相槌を打つ。

比古の、握《にぎ》り合わせた両手に力がこもる。肌《はだ》に爪《つめ》が食い込んで、朱《しゅ》の色がにじんだ。

昌浩はうつむいて、その手ばかりを見ていた。

こういうときにうまい言葉が見つからない自分が歯痒《はがゆ》くて、無性《むしょう》にやるせないなと、思った。

深い眠《ねむ》りの淵《ふち》に沈んでいた風音は、闇《やみ》の中で小さな叫《さけ》びを聞いた。

——……て…

身じろいだ風音の面差《おもざ》しがかすかに歪《ゆが》む。傍らにいた六合と小さな鴉《からす》が黙《だま》って様子を窺う。

「……、っ…」

はっと目を開いた風音が、突《つ》き動かされるようにして跳《は》ね起きる。

だが、眩暈《めまい》に襲《おそ》われて肢体《したい》が傾《かし》いだ。倒《たお》れこむ彼女を支える六合に鴉が不満げな眼光を据《す》えたが、自分の翼《つばさ》ではどうしようもないので悔《くや》しげにしている。

ばたばたと部屋から飛び立っていった鴉を見送った六合は、自分の手を摑《つか》んでいる風音の様子を訝《いぶか》った。

「どうした」

しばらく目を泳がせていた彼女は、目許《めもと》に険しさをにじませる。

「……いま…」

声が、聞こえた。

——助けて…！

追い詰《つ》められたような、悲痛な声が。

去っていく少年と狼を見送る昌浩を、白虎は思慮《しりょ》深い目で見下ろした。

視線に気づいた昌浩は、顔をあげて首を傾《かたむ》ける。

「なに…？」

「……いや」

昌浩の面差しが、少しだけ大人《おとな》びたように見える。

そんな風に感じるのは、自分だけなのかもしれないが。

昌浩の肩をぽんと叩《たた》いて、白虎は踵《きびす》を返す。

「聖域に戻《もど》ろう。まだ、やらなければいけないことがたくさんある」

大蛇の鱗《うろこ》は鳥髪峰の土砂《どしゃ》に埋《う》もれてしまったのだという。ならば、最後の術で一緒《いっしょ》に浄化《じょうか》されたはずだ。

しかし、この地の穢《けが》れが完全に消えたわけではない。晴明がなした浄化の秘法だけでは、やはり出雲を覆《おお》った大蛇の妖気《ようき》を完全に消し去ることはできなかった。

何しろ規模が大きすぎた。

できるだけのことはしていかなければならないと、思う。

「……まぁ、もっくんもまた海に沈むみたいだし…」

少なくとも、物の怪が目覚めるまでは、都には帰れない。

手のひらをそっと見つめて、昌浩は目を伏せた。言いつけを破ってしまった。

けれども、昌浩はもうひとつ、晴明と約束した。

忘れないと。

その重さを。

その恐《おそ》ろしさを。

忘れてしまったら、今度こそ自分は、道を踏《ふ》み外す。

少しずつ暮れなずむ空を見上げて、昌浩は胸の奥にさだめる。

あの胸の痛みを、心の深淵《しんえん》に刻み込む。

ふと見はるかした視線の先に、少年たちの姿はもう見出《みいだ》せない。

「……比古…」

なんの約束もしなかったけれど。

いつかきっと。

「また、会えるよな……」

◆　◆　◆

その峰《みね》の頂は、もっとずっと高かった。

そこから見下ろす景色《けしき》が好きで、風を受けて微睡《まどろ》むのが、ささやかな幸せのひと時だった。


ゆっくりとゆっくりと登ってきた比古とたゆらは、すっかり形を変えてしまった頂を眺め渡《わた》して、切ない顔をした。

ぺたりと腰《こし》を下ろして、疲《つか》れたように息を吐《は》く。

「比古、大丈夫《だいじょうぶ》か」

気遣《きづか》わしげに顔を覗《のぞ》きこんでくるたゆらの灰黒の毛並みは、どういうわけか色が抜《ぬ》けてしまっていた。

ずっともゆらが身の内にいたからかもしれない。それとも、ぎりぎりの死線をかいくぐったことの心痛が、毛並みの色を変えてしまったのかもしれない。

たゆらの毛並みは少し色の濃《こ》い灰色に変わってしまった。

夕陽《ゆうひ》を受けた狼《おおかみ》の姿に、比古はついと目を細めた。

「……ああ……」

「比古？」

首を傾けるたゆらに、比古は仄《ほの》かに笑った。

「……光が当たると、色が抜けて…」

夕陽がたゆらの灰色の毛並みをさらに薄《うす》く見せるのだ。

比古の目に切なさがよぎった。

「なんだか、もゆらがいるみたいだ……」

狼は瞼《まぶた》を震《ふる》わせて、そっと頷《うなず》いた。

「ああ。いる。…ここに、ちゃんと」

たゆらともゆらは双子だった。もともとはひとつの命だったものが、神の気まぐれでふたつになってしまったのだと、以前真鉄が言っていた。

「だから、ここにちゃんといるんだ。もゆらも」

「ん…」

それだけしか言えずに、比古は唇《くちびる》を噛《か》む。

喪失《そうしつ》の痛みが消える日は、いつか来るのだろうか。

久方ぶりの夕焼けは、無性に目に痛かった。

太陽は、こんなに優《やさ》しい色をしていただろうか。

立ち上がった比古がたゆらの頭に手を置く。

何度も何度も、不器用な手つきで撫でて、首を叩いて。

全身のいたるところに刻まれた傷はいつか癒《い》え、地肌《じはだ》が剝《む》き出しになったこの頂《いただき》も、草花に覆われる日がまた訪《おとず》れるのだろう。

すべてを覆い尽《つ》くして、時はゆるやかに流れていく。

ふいに、風がふたりの頰《ほお》を撫でた。

かすかな声に呼ばれたような気がして、比古とたゆらは振《ふ》り返る。

夕陽の中に、灰白の狼と、優しい目をした青年がいた。

「ま…っ」

だが、それはすぐに掻《か》き消える。

思わずのばした手は、求めるものを二度と得られない。

届かなかった指は、もう二度と、あの手を摑《つか》めない。

その手を腰に佩《は》いた剣《つるぎ》に当てて、少年はうつむいた。

道反の姫《ひめ》から返された、九流に代々伝わる剣。

真の神から与《あた》えられた、――鉄《まがね》の剣だ。

比古とたゆらは遠い空を見はるかした。

暮色に染まる空は、大蛇の眼《め》とは色を異にして、本当に本当に、優しい。

それは、遠い日にかわされた、約束。

――ずうっと、一緒だよ

――約束だよ。寂《さび》しくならないように、ずうっと一緒にいるよ……

決して色褪《いろあ》せることのない、その誓《ちか》いを。
あの日彼らは、幼い心に、確かに刻み込んだのだ。

あとがき

少年陰陽師第十九巻です。

外伝まで含《ふく》めると、総冊数二十！　すごいです。これもひとえに読者の皆《みな》さんの応援《おうえん》の賜物《たまもの》。

ありがとうございます。これからもよろしくお願いします。

三ヶ月連続刊行、別名「死のロングロード」、この巻でようやく終わりです。

毎月自分の本が出るというのもなかなか感慨《かんがい》深いものがありましたが、冗談抜《じょうだんぬ》きで死にそうでした。もう二度とこんな「あの世行き」チケットを握《にぎ》り締《し》めたりなんかするものかと心に固く誓《ちか》いました（でもみんなに喜ばれるならまた何かやってしまう自分がいる気がする…）。

頑張《がんば》った、私。いつもより自分を多めに褒《ほ》めてます。お疲《つか》れ様、私。いつもより自分を多めに労《ねぎら》ってます。ＤＶＤとゲームの特典もよく書いた、私。偉《えら》い偉い。自分で褒めまくる。

時々彼岸《ひがん》が見えた気がするこの数ヶ月でしたが、得るものも多かったので結果オーライ。

さて、久しぶりにあれをやりましょう。

今回エントリーがものすごく多かった。過去最高。

一位、安倍昌浩。

二位、十二神将騰蛇。晴明から与《あた》えられた名は紅蓮。

三位、物の怪のもっくん。

以下、六合、勾陣、玄武、青龍、太陰、珂神比古、太裳、彰子、結城、じい様、もゆら、凌壽、若晴明、天后、高淤、若菜、章子、越影、風音、成親、白虎、一つ鬼、天一、車之輔、あさぎ桜さん、朱《しゅ》レンジャー、となっています。

最後の「朱レンジャー」とは何ぞや、という方は、絶賛発売中の孫ラジＣＤ第四弾《だん》をお聴《き》きいただければ、抱腹絶倒《ほうふくぜっとう》な「陰陽戦隊グレンジャー」の核心《かくしん》に迫《せま》ることができると思います。窮奇様こと若本さんゲストの回も収録されています。必聴《ひっちょう》！

どんどん突《つ》き抜けていくラジオ少年陰陽師「彼方に放つ声をきけ～略して孫ラジ」、Ｗｅｂ上にて絶好調で配信中。放送開始から一年が経《た》ち、ますます冴《さ》え渡《わた》っています。色々なものが。

越影は、「翼よいま、天《そら》へ還れ」のキャラですね。外伝なので完全なパラレルとして読んでいただけたと思うのですが、天馬たちにもちゃんと愛情を持ってもらえたようで、嬉《うれ》しい限りです。

ＰＳ２ゲーム「少年陰陽師　翼よいま、天へ還れ」も、いよいよ発売間近となりました。いまからオープニングテーマ「ENISHI」を聴き込んで心待ちにしております。

ＤＸパックには私の書き下ろしミニ小説をはじめ、ドラマＣＤやコメンタリーＤＶＤなどなど特典がいっぱいですので、ぜひぜひ予約してゲットしてくださいね。

　このゲームのBGMがまた素敵《すてき》で、著者の特権でいただいたCDをヘビロテしています。かっこいい曲がたくさん。ゲーム音楽も、ドラマCDとアニメと同じ作曲家の中川さんが、ドラマCDとアニメと同じように全曲書き下ろしてくださいました。ちなみにドラマCD篁破幻草子の楽曲も、全部中川さんが書き下ろしてくださっています。

　アニメのサントラCDの発売予定はないということなので、せめてゲーム楽曲のサントラCDを出してほしいなぁ。私だけが聴くのは勿体《もったい》ない。ゲームをプレイすれば聴けるけど、ゲームを持ち歩くことはできないからさ…。

　音楽つながりで、少年陰陽師キャラクターソングCD「花鳥風月〜白夜」が絶賛発売中。「花鳥風月」はもうひとつ「残月」があって、こちらは2007年7月6日に発売予定。

　どの曲も素敵にかっこよく、あるいはしっとりと優《やさ》しく、聴き応《ごた》え充分《じゅうぶん》。

　去る5月20日に東京厚生年金会館にて行われた少年陰陽師〝孫〟感謝祭「風雅に響く詩を聴け」では、役者の皆さんが、このときだけは歌手として素敵な歌声を披露《ひろう》してくれました。

　歌だけでなく朗読ドラマやトークもあって、それはもう楽しい一日でした。

　この模様は、DVDに収められます。2007年12月7日発売予定。

　孫アニDVDも毎月発売中。豪華《ごうか》版には毎月書き下ろしをしているので、月刊誌に連載《れんさい》している気分が素敵に過酷《かこく》に味わえております。

ドラマCD天狐編も、ちらほらと、動きが見えてきたような。こちらも続報を気長にお待ちくださいませ。大丈夫《だいじょうぶ》、プロデューサーN川路氏はやってくれる男です。

そして。

TVアニメーション少年陰陽師、なんと舞台化《ぶたい》決定です！

舞台ですよ、舞台。少年陰陽師が三次元になります。すごいや！

いやもう、最初に話を聞いたとき、「…………は？」と思い切り胡乱《うろん》に聞き返してしまった。

何の冗談《じょうだん》ですかと言ったら、いえ本気ですと返ってきたあの日はもう遠い。

世の中何が起こるかわかりませんね。こうなったら、将来ハリウッドで映画化、とか言っておこう。言霊《ことだま》言霊。

ちなみに私の手元にはいまこれの速報チラシがあるのです。以下、抜粋《ばっすい》。

「2007年10月4日〜8日、池袋《いけぶくろ》・サンシャイン劇場

——時は平安。稀代《きたい》の大陰陽師・安倍晴明の孫、昌浩が活躍《かつやく》する物語「少年陰陽師」を、待望の舞台化！

『少年陰陽師』公認後援会《オフィシャルファンクラブ》　先行受付あり

2007年夏、各プレイガイドにて一般《いっぱん》発売開始！

詳細《しょうさい》は、『少年陰陽師』公式サイトにて随時《ずいじ》発表！」

……だそうです。とにかく、詳《くわ》しいことは孫ネットをチェックだ。どういう舞台になるのか、

私もとても楽しみ。ご存じ孫ネットはこちら←
http://seimeinomago.net（PC&モバイル共通URL）

さて、珂神編完結。ちょっとネタばれ風味になりますので、本文未読の方はこれ以降は読まないでください。

「いにしえの～」からはじまった珂神編、五冊になりました。

窮奇編が三冊、風音編が四冊、天狐編が五冊だったから珂神編は六冊ですねというお手紙をいくつかいただいていましたが、さすがに六冊にはなりませんでした。

この本を書くにあたり、担当N川女史に電話。

光「完結巻なんで容赦《ようしゃ》しなくていいですか？」

N『だめです！』←即答《そくとう》

光「ちっ、だめか」

前月刊の篁破幻草子「めぐる時、夢幻《むげん》の如く」で学習してしまったようです。

担当ストップを食らったので、手加減しました。

ところで、前出のCD「花鳥風月」。七夕の前日に発売される「残月」には、物の怪のもっくん役野田順子さんの歌う「月夜行」という曲が収録されています。

これは、もっくんが昌浩のことを思い心に誓いを刻むという歌詞なのですが、誰よりも早くこの曲を聴かせてもらった私の頭に浮《う》かんだのは、滅《ほろ》びゆく九流族の人々でした。

クライマックスで、比古とたゆら、もゆらが真鉄と対峙《たいじ》するところから、比古に向けられた願いのところまで、「月夜行」がバックで流れているイメージです。

比古ともゆらであり、真鉄とたゆらであり。もゆらとたゆらであり、比古と真鉄であり。

「月夜行」、本当に素敵な曲です。発売されたらぜひ聴いてください。

物語、ちゃんと予定していたところに着地できました。よかったよかった。

今回昌浩に「紅蓮て、もしかして〜」と言われてしまった紅蓮ですが、金冠《きんかん》をはずして本人の意識がちゃんとあって全力で容赦なく戦う機会なんてそうそうないもんなぁと、ちょっとだけ不憫《ふびん》になってしまいました。

頑張れ、紅蓮。お前は紛《まぎ》れもなく最強だ。その称号《しょうごう》は飾《かざ》りじゃないと、勾陣だって言ってるじゃないか。

そういえば、過日発売された「動画之書」には、設定資料のところに全員の身長が書いてあるのですが、あれを見て「十三歳でこんなに低いなんてありえない！　間違《まちが》ってる！」というお手紙をちらほらといただきました。

前々から一部の方に誤解されているようなのですが、少年陰陽師の世界は平安時代で、年齢《ねんれい》の数え方は「数え年」というものです。これは、生まれたら「一歳」という数え方で、年が明けるとひとつ年をとるので「二歳」になります。十二月に生まれた新生児が年が明けると二歳。生後二ヶ月で、もう「二歳」なんですよ。

ということは、少年陰陽師の「十三歳」は、満年齢の「十一歳、もしくは十二歳」。現代の十三歳は中学一年生ですが、数えで十三歳の昌浩は、実は小学六年生なんですね。さらに、当時の男性の平均身長は、現代より十センチ以上低く、骨格も華奢《きゃしゃ》です。そして、当時の食べ物は、いまより栄養価が低い。ということは、現代の子どもより成長が遅《おそ》いということ。あと、昌浩は同年代の男の子より少し小柄《こがら》な設定です。

一応ちゃんと考えているので、あまり責めないでください…。

余談ですが、篁《たかむら》は史実で紅蓮と身長が同じ。さすがだ、冥官《めいかん》。

珂神編が一区切りついたので、次は久しぶりに番外短編集です。

少年陰陽師第二十巻「思いやれども行くかたもなし」。たぶん秋発行ではないかと。

その他詳しい仕事情報などは、結城光流公式サイトをチェックしてみてください。たぶんここが最速。携帯《けいたい》からでも閲覧《えつらん》できます。

書いている間にラジオが始まったり、アニメが放映されたり、ゲーム化や舞台化が決まった少年陰陽師第四章珂神編。いかがだったでしょうか。

想《おも》いは、常に伝わるわけではない。のばしたその手は、ときに届かないこともある。

ぜひ感想を聞かせてください。

キャラクターランキングへの投票もお待ちしております。

果たして昌浩は次回も一位を死守できるのか。それは、皆《みな》さんの投票次第です。どうぞよろしく。


ではでは、また次の本でお会いできることを願いつつ。

結城光流

結城光流公式サイト「狭霧殿」http://www5e.biglobe.ne.jp/~sagiri/

「少年陰陽師　果てなき誓いを刻み込め」の感想をお寄せください。
おたよりのあて先
〒102-8078　東京都千代田区富士見2-13-3
角川書店ビーンズ文庫編集部気付
「結城光流」先生・「あさぎ桜」先生
また、編集部へのご意見ご希望は、同じ住所で「ビーンズ文庫編集部」
までお寄せください。

BEANS BUNKO

少年陰陽師《しょうねんおんみょうじ》
果《は》てなき誓《ちか》いを刻《きざ》み込《こ》め
結城光流《ゆうきみつる》

角川ビーンズ文庫　BB16-25　14760

平成19年7月1日　初版発行

発行者――――井上伸一郎
発行所――――株式会社角川書店
東京都千代田区富士見2-13-3
電話/編集(03)3238-8506
〒102-8078
発売元――――株式会社角川グループパブリッシング
東京都千代田区富士見2-13-3
電話/営業(03)3238-8521
〒102-8177
http://www.kadokawa.co.jp
印刷所――――暁印刷　製本所――BBC
装幀者――――micro fish

ISBN978-4-04-441627-0 C0193 定価はカバーに明記してあります。

結城光流
イラスト／あさぎ桜
この少年、晴明の後継につき。
半人前の陰陽師が、都の闇を叩き切る！
少年陰陽師シリーズ
1 異邦の影を探しだせ
2 闇の呪縛を打ち砕け
3 鏡の檻をつき破れ
4 禍《まが》つ鎖を解き放て
5 六花《りっか》に抱かれて眠れ
6 黄泉《よみ》に誘《いざな》う風を追え
7 焔《ほのお》の刃《やいば》を研ぎ澄ませ
8 うつつの夢に鎮《しず》めの歌を
9 真紅の空を翔けあがれ
10 光の導《しるべ》を指し示せ
11 冥夜《めいや》の帳《とばり》を切り開け
12 羅刹《らせつ》の腕《かいな》を振りほどけ
13 儚《はかな》き運命《さだめ》をひるがえせ
14 其《そ》はなよ竹の姫のごとく
15 いにしえの魂《たま》を呼び覚ませ
16 妙《たえ》なる絆を掴《つか》みとれ
17 真実《まこと》を告げる声をきけ
18 嘆きの雨を薙《な》ぎ払え
19 果てなき誓いを刻み込め
外伝 翼よいま、天《そら》へ還れ
以下続刊!!

結城光流
イラスト／四位広猫
篁《たかむら》破《は》幻《げん》草《ぞう》子《し》
全5巻
1 あだし野に眠るもの
2 ちはやぶる神のめざめの
3 宿命よりもなお深く
4 六道の辻に鬼の哭《な》く
5 めぐる時、夢幻の如く
京の妖異を退治する美しき“冥官”
その名は小野篁!!
昼は貴族達の憧れの君、夜は閻羅王直属の冥府の役人――
ふたつの顔を持つ篁が、幼馴染の融と共に大活躍する、平安伝奇絵巻！
●角川ビーンズ文庫●

少年は、二度太陽を殺す
和泉朱希《いずみしゅき》
イラスト／唯月一《ゆづきいち》
伝説が今、
幕を開ける――！
ヒロイック・アドベンチャー始動!!
1巻　若き宰相の帝国
2巻　幻惑の国の皇子
以下続刊
砂漠生まれなのに白い肌と金の髪を持つヤン。
父を連れ去ったのと同じ軍隊がアグラス王宮を襲撃するのに遭遇、
王子イウサールを助け出した。
行動を共にすることにした二人は、帝国の軍人ウェントゥスに捕らわれるが、
やがて“呪われた笛”に選ばれた者として、大きな運命に巻き込まれていく――！
●角川ビーンズ文庫●

お前はずっと前から
俺のものだったんだ——。
恋と冒険の
エイジアン・ファンタジー！
伝説に彩られた“朱根《アカネ》”の王女・緋奈《ヒナ》。ある日、突然攻め入ってきた隣国“黒嶺《コクレイ》”に朱根は制圧されてしまう。抵抗する王女・緋奈《ヒナ》を、黒嶺の王子・芦琉《アシル》は自分達の婚約を理由に、国へ連れ帰ってしまう。守役の深波《ミナミ》だけを頼りに敵国で暮らし始めた緋奈を待っていたのは——!?
瑠璃《るり》の風に花は流れる
槇《まき》ありさ　イラスト／由貴海里《ゆきかいり》
大好評既刊
1 黒の王太子
2 紫都の貴公子
3 蒼の将軍
●角川ビーンズ文庫●